川の音

伴　幸子

北樹出版

目次

川の音

第一章　山から川へ

一

1

久下《くげ》村は、中山道熊谷宿の入口にある。江戸から京へ向かう旅人は、鴻巣、吹上宿を出ると、左手に長々と続く荒川の土手を、右手には遠く赤城、棒名の山々を望み、遮《さえぎ》るもののない広大な水田を見て驚かされる。土手に沿って丈高い葦《よし》原が現われ、開墾されて間もない田畑とともに、点々と粗末な人家が見え隠れし、やっと鰻の寝床のように細長い、久下村の入口に至るのである。

村人は久下宿と呼んでいるが、旅人はほとんどここで草鞋《わらじ》をぬぐことはない。ここの旅籠《はたご》に泊るのは、久下河岸《がし》の舟着場で働く、人足や舟子たちである。舟着場は、久下村の河岸《かし》のほかに、十町ほど下流の新川河岸《しんかわ》がある。久下の河岸には上流から下ってきた小型の川舟が着くが、江川村と呼ばれる新川河岸には、江戸から、百石船、百五十石船が遡航《そこう》し、忍《おし》城管轄のもとで、盛んな交易が行われている。江川村は、久下村の入口、土手の外側にある不思議な村である。久下宿を貫く中山道から続いて、土手の天辺《てっぺん》まで幅広い緩やかな勾配の坂道が続いている。そしてその天辺から湧き出るかのように荷車が駆け降りて来る。一つ走り去ったかと思うとまた一つ、轍《わだち》の轟音とともに、若い人足の荒々しい声が走り去る。あるものは久下村を貫いて熊谷宿方面へ、あるものは右に急折して、行田、羽生方面へと慌しく駆けて行く。

久下村は江戸寄りから、下分《しもぶん》、上分《かみぶん》、熊久分《ゆうきゅうぶん》にわかれる。熊久とは鎌倉時代に、熊谷次郎直実と久下直光が領地争いをした名残の地名であるという。どの家も街道沿いに並んでいて、商家であるが小さな藁葺きがほとんどで、狭い間口の障子は疾走する荷車の土埃で黒ずんでいる。商売ばかりではなく、畑や水田も耕作し、家族の食糧は自給する家が多いが、川に出て漁をする者も多い。二軒ある船大工の家ばかりは、広い仕事場に、作りかけの美しい川舟がこれ見よがしに見えていて、ここだけは景気の良い槌音が響いている。

その上分地区に、代々名主を務めている秦《はた》家がある。土地の人々は街道を往還《おうかん》と呼んでいるが、その往還に面して屋敷が四百坪ほどあり、屋敷の裏は土手まで畑と水田である。門から真っ直ぐ入った所に、このあたりでは珍しい瓦屋根の母屋があり、左側に穀蔵、右側往還よりに藁葺きの家がある。穀蔵だけが二階建で、あとは平家造りであるが、母屋の周囲の屋敷森は高くそびえて、秦家がこの土地に住みついた長い歴史を語っている。

「おかみさん、駕籠屋がきました。」

下女のさんが納戸の外から声をかけた。

「はやいね、すこし待ってもらっておくれ。千勢《ちせ》の仕度はできているんだね。」

「へえ、表でお待ちです。」

津也《つや》は紫地の伊勢型小紋に、白地に金と黒の小菊を散らした新調の帯をやや胸高に結び、胸元をポンとたたいた。鏡の中のわが姿を、しなやかな上半身を斜めにねじって確かめると、するりと納戸を出た。女にしてはやや長身だが、後姿に気品があった。細面の古風な女雛のように整った顔だちが、四十という年齢より老けた印象である。

玄関では娘の千勢が、草履をはいて土間に立ったまま母を迎えた。黒目がちの大きな目が言葉よりも先にものを言うせいか、この娘は無口な方であった。

「座蒲団は入れてくれたろうね。」

「へえ。」

とさんが答えた。

「旦那さんは、夕飯までにはお帰りだからね。喜一郎は風邪気味らしいから、好きなだけ寝かせてやったらいいよ。明日の夕方には帰ります。」

ちいさな町駕籠が門の前に二挺、駕籠かきの若い者四人と親方の長助が腰をかがめてあいさつをした。いつの間にか近所の女たちがここかしこに集まって、秦家の女二人が、駕籠を連ねて里帰りする様子を、興味あり気に覗《のぞ》き見していた。

「千勢ちゃんの着物は、熊谷の越後屋につくらせたんだとさあ。」

「山の方の実家へ里帰りするだけだのに、母娘して着飾っちゃってさあ。あの、おかみさんの澄まし顔ったら、何様じゃああるめえしよう。やっぱりあれかねえ、千勢ちゃんに聟をとるんだんべかあ。」

「跡取り息子の喜一っつあんが寝たり起きたりじゃあなあ。」

見送る人々の羨望と悪意に満ちた視線を無視し、または大いに意識しながら、半日がかりの里帰りは、津也にとっても千勢にとっても、年に一度の大切な行事なのであった。

2

津也の実家は、荒川対岸の山沿いにある大谷村であった。藤岡大尽といえば、このあたりでは誰もが知っている山持ちである。林業だけでなく、養蚕も農耕も大勢の人を使って手広く行っている豪農であった。津也の父は真面目な篤農家であり、また多くの人々を働かせ、その人々を潤し、それが自分をも潤すという生き方が正しいと信じている経営者であった。津也の祖父は熊谷の町中《なか》の、薬種屋の三男であったが、藤岡に聟入りしてきた人であった。医者ではなかったが医薬に詳しく、薬草の効能や栄養に関する知識を、幼い津也や弟の松吉に教えてくれたものだった。

久下の渡しを駕籠とともに対岸へ渡り、広い川原を過ぎる。彼岸晴れというか、秋の空はどこまでも澄みわたり、荒ぶる本性を押し隠した荒川の水量は少なく、さらさらとやさしい瀬音がどこまでも追いかけてくる。小泉村の土手を越えて村を抜けると、にわかに正面が開け、低い山々が連なって、景色が一変する。津也は子供の頃から見馴れた懐かしい山の姿に、胸が熱くなるのだった。久下の秦家に嫁いでからも、屋敷の前の土手の天辺に上り、対岸の村々の遥か彼方に、青く低く連なる山々を眺め、懐かしさに涙したこともあった。千勢が七才の頃、夫喜左衛門《きざえもん》の父が他界し、その三年後に母が亡くなってからは、そんなこともなくなってしまった。だが、遠い過去として忘れ去っているつもりの故郷の山々が近々と迫ってくると、秦家での生活の方が嘘めいた暮らしに思えてくるのはなぜだろうか。藤岡大尽の長女とした育った津也にとって、山はやはり自らの力の根源であり、どっしりとした姿を行く手に現わすのであった。

山が近づくにつれて、自分が変わってゆくような気がする。美しく装うために体に巻きつけた数々の紐が音もなくゆるんで、山の空気が胸から腹の奥底までを満たし、驕りにも似た高ぶりが湧き上がってくるのだった。

藤岡の門は二間《けん》ほどもある。秦家のような屋根つきの門ではなく、分厚い木の扉を全開すれば、木材を山積みした馬車や、桑を積んだ荷車がガラガラと走り込める幅である。母屋は大きな茅葺きの二階建で、正面の庭をはさんで、右手に木材を収納する平家の仕事場、左手には二階建の大きな養蚕用の建物がある。母屋へ足を踏み入れると、いきなり土間が広がっている。明るい戸外から来ると、しばらくは何も見えない。天井の高い所にある吹き抜けの煙出しのあたりに、薄青い煙がゆっくりと動いていて、そこだけが明るく輝いている。

「姉《あね》さま、おいでなさいまし、おいでなさいまし。」

松吉の妻さとが、台所のあたりから走り出してきた。貝の口に結んだ帯の上から前掛けを結び、火を焚いていたらしく、ふっくらした頬を赤らめて、被った手拭《てぬぐい》を外しながら腰をかがめた。やはり夫の姉には、すこし気がおけるらしい。

「おや、誰もいないのかい。」

津也がすこし不服そうに言うと、

「おっつけ昼ですから、すぐに帰ってきます。おっ母さんなら機屋《はたや》にいますで。」

さとは津也のぬいだ道中着をあずかると、左手の高い框《かまち》を上がり、長火鉢にかかった鉄瓶の湯を確かめ、お茶をいれようとした。

「どうぞどうぞ、お上がんなすってください。千勢ちゃんもさあ、さあ。」

と千勢にも声をかけてから、しばらくは千勢を観察するように眺めた。

「機屋へ行ってみるから、お茶はあとでもらうよ。」

津也は千勢をともなって養蚕室の広縁に廻った。戸を開け放った明るい広縁に高機が据えてあった。

津也よりもずっと小柄だが、よく似た顔立ちの老女が機に腰を下ろしていた。トントン、カラー、トントン、カラー。杼《ひ》が左右し、筬《おさ》がトントンと鳴る。

「よく来たなあ。」

千勢は祖母のこの声が大好きだった。どこまでもやさしく、温かい人柄そのままだった。小さな顔の中にパッチリとした涼しい眼が光っていて、六十才とは思えない迫力のある視線が、まっ黒な瞳から放たれてくる。

「ここん家《ち》の人は、私が来る日でも山へ行っちまうんだねぇ。」

と、津也が甘えてふくれてみせる。

「もう帰ってきたんべ。あっちの方がにぎやかじゃねえかあ。千勢、あっちへ行くべ。」

立ち上がりかけたところに、津也の弟の松吉が走り込んできた。

「姉《ねえ》さん、姉《ねえ》さん、おう千勢ちゃんもよくきたねえ。ほう、なんだか急に大人びてきたなあ。」

松吉は千勢を抱き上げようとするかのように手を出したが、思わずその手を引っ込めた。

「アハハア、手に松脂《まつやに》がついているからさあ、うっかり千勢ちゃんには触れねえなあ。」

「千勢も十五だよ、いつまでも子供じゃあないさ。」

津也は千勢の成長ぶりに驚いている弟を満足そうに眺めて機嫌よく母屋に向かった。

3

仕事場の前に荷馬車が着き、栗毛の馬が全身から汗を吹き出し、まだ馬具を外さないうちから、水を求めて大きく首を振る。荷車には直径九寸もあろうかと思われる松の丸木が行儀よく積まれ、若い衆が四人掛りで運び込んでいる。誰もが集中して働き、目をそらす者はいない。力を合わせる度に

「オウラッ」という活気のある声が響く。馬の世話をしているのは宗助だ。

宗助が千勢に振り向いた。

「馬が水を呑むのを見に行くかい。」

「うん。」

千勢は馬を引く宗助のうしろから、母屋の裏手に廻った。そこには一段低くなった湧き水の池がある。周囲は石垣でしっかりと囲まれ、池は三つに区切られている。冬は温かく、夏は冷たいその湧き水は、第一の枠の中に流れ込み、台所の食器や野菜を洗うのに使用される。第二の枠に流れ込むと、そこでは鯉が飼育されている。太った黒い鯉で、残飯を食べて育つ。最後の枠が馬の水呑み場である。水に首を近づけると、馬の吐く息が静まり、音もなく水を吸い込んでいる。渇きが癒されるにつれて巨体の動きも静まってゆく。宗助は石垣の上に立っている千勢を見上げてから眩しそうに目を細めた。伸びやかな長身を、引き締った筋肉が被っている。そのわりに細面な顔が、やや愁いを帯びて見える。去年までは年のわりに子供っぽく、お転婆であった千勢が急に娘らしく見え、なにか、不安を感じてしまうのである。

（そうか、髪形が違ったんだな。）

と宗助は思った。今朝髪結に結わせたのであろうか、つやつやと油光りした左右の鬢《びん》がかわいらしく張り出している。根元を赤い鹿子絞りの手絡《てがら》で巻いて、前髪に赤い櫛を挿《さ》し、左のこめかみに銀色の簪《かんざし》が輝いている。千勢が聟をとり、分家を興すかも知れないという話は耳にしないでもなかった。だがそれは、未だ未だ先の話に思われたのだった。だが今日の千勢を見ると、縁談があってもさして不思議はなさそうな年頃にも思えるのだった。

（まず落ち着け。まだなにも始まっていないのだから）と自分自身に言い聞かせて、

「母屋へ入《へえ》んな。みんなが待っているから。」

と、声をかけた。千勢は頷くと裏口から家に入って行った。

「千勢ちゃん、そんなきれいな着物を着て、台所へ来ちゃだめだがねえ。さあさ、こっち来て。」

さとの明るい声が宗助の耳にとどいた。

4

馬の世話が済んで、宗助が台所へ行ってみると、男衆と女衆の昼食が始まるところであった。客がある日には、使用人にも振舞いがある。山鶏と初しめじの吸物が椀に盛られて配られている。飯は好きなだけ食ってよい。津也の父長蔵の考えでは、人はみな平等に働き、平等に食べるべきであった。

宗助は津也の祖父清三郎の妹の娘が産んだ子であり、津也の再徒弟《はとこ》にあたる。未だ二才であった頃、両親を悪性の流行風邪《はやりかぜ》で失った。母の実家にひき取られ育てられていたが、そこも商売が振わなくなり、縁をたどって津也の父、長蔵に引き取られたのが九才であった。千勢より五才年上であった。宗助にとって、久下の秦家へ使いに出るのがなによりの楽しみであった。ある時は赤飯の入った重箱を持って、ある時は餅がぎっしり入った岡持《おかもち》を持って届けに行くのが、宗助の仕事であった。津也はその度に宗助の身なりに気を配り、小遣いもくれたし、なによりも宗助の大伯父にあたる津也の祖父、清三郎の話をこまごまと話してくれた。清三郎、津也、宗助には同じ血が流れていることに、宗助は大きな喜びを感じていた。長蔵も長蔵の妻むつも息子松吉も、宗助にはよくしてくれたが、宗助にとって津也と千勢は自分の身内同然であり、淋しい少年時代の心のよりどころであった。千勢は実の兄喜一郎を兄《あに》さんと呼び、宗助を兄《あん》ちゃんと呼んだ。蟬とり、魚とり、独楽廻し、凧あげ、およそ男の子がする遊びを千勢はなんでもやりたがったし、また上手だった。一番のお気に入りは、馬であった。草刈鎌で馬の飼料となる草を刈りに行く時も決まってついて来た。昨年の秋、千勢を鞍に乗せて山道を疾走したことが思い出される。馬上は乗ってみると思った以上に高い。山道を下って走れば、体は斜め前に倒れるばかりに傾き、転げ落ちそうな恐怖に襲われる。だが千勢は頭を宗助の顎《あご》と喉の間にはさみ、全身を宗助にあずけると手綱に手を添え、白い足で馬の腹を蹴った。馬は走り出し、道の左右の木々が緑色の帯になって流れ出す。

「アハハハ、アハハハ。」

千勢は大喜びで笑い続けていた。

「どう、どう。」

宗助が手綱を引いて止めると、

「なんで止めるんだよう。空を走っているようで気持がいいのにい。」

とふくれていた。

「怪我でもしたら、おっ母《か》さんがなんていうか。」

転落させたら大変なことになると思い、宗助は馬から飛び降りて轡《くつわ》を押え、千勢を見上げた。

「お転婆はこのくらいだ。」

「じゃあ、約束しようよ。来年来たらまた乗せてくれるよね。」

千勢の頬が上気し、目が潤んでいた。

「内緒の、内緒の約束だよ、ねえ、兄ちゃん。」

千勢をかわいいと思った。かけがえのない存在だと思った。千勢と俺の間には必ず二人を結びつける縁《えにし》があると確信せずにはいられなかった。

藤岡では、主《あるじ》の長蔵とむつを除いて、男衆女衆、それに長男松吉、宗助と、一緒に働く者は一緒に食事をする習わしであった。女衆は千勢が一段と大人びて美しくなったこと、衣装が熊谷の越後屋で誂えたものであること、また秦喜左衛門の長男喜一郎が胸を病んでおり、千勢に聟をとって分家をたてる話があるらしいことなど、賑やかに噂をしていた。突如誰かが冗談を言ったらしく、一同がどっと笑ったが、宗助はなにも耳に入らなかった。

5

昨日の午後から、なぜか宗助は姿を見せなかった。今朝も見えない。昼過ぎには駕籠が迎えに来てしまうだろう。母と一番奥の部屋に寝た。昨夜は冷えた。土間の奥にある厩《うまや》の中で、馬も寂しそうに、ブルルッ、ブルルッと鼻を鳴らしていた。例年は五日から七日くらいは泊るのだったが、今年は一泊だという。祖父がいつもの宗助の仕事の一つ、馬の飼葉《かいば》を切っている。きれいに揃った稲藁が大型の裁断機にかけられて、ザクザクと落ちてくる。

「お祖父さん、この馬に名前あるのかい。」

千勢が飼葉桶に一抱えの藁を入れながらたずねた。

「馬に名前なんぞいらねえよ。馬は馬でいい。」

「でも、馬は大事な家族だって兄ちゃんが言ってたよ。」

「そうさ。人間にとって、馬は大切な生き物だ。だから同じ屋根の下で大切にしているのさ。なにしろ大変な働き手だからなあ。でも、馬は馬さ。人間並に名前なんぞいらねえよ。」

「でもね。私はこの馬が大好きだから、名前をつけてやりたいよ。八幡《はちまん》ていうのはどうだろう。私が名づけ親だよ、お前は今日から八幡太郎《はちまんたろう》って呼ばれるんだよ。」

千勢は首を振ってすり寄ってくる馬の眉間をやさしく撫でた。

「とんでもねえこった。馬にそんな神様みてえな名前は似合わねえ。世の中にはな、皆が守らなければならねえ分《ぶん》というものがあるんだ。分相応に生きることが大事だ。それを踏み越えれば、必ず罰があたるんだよ。」

いつになく不機嫌で長舌な祖父の口調に、千勢はややたじろいだ。祖母のむつが、お茶目な顔で高笑いしながら近寄ってきた。

「祖父《じい》さまの説教はそのあたりまでさ。」

「お祖母さん、宗助兄ちゃんは、私と馬に乗って沼へ行くはずだったんだよ。約束してたんだよ。」

「それは、いつ約束したんだい。」

「去年のことだけど。」

「去年は去年、今年は今年の風が吹くのさ。月のめぐりを見た女の子は、もう馬になんか乗るもんじゃねえのさ。」

千勢のなめらかな額に皺《しわ》ばんだ額を近々と寄せ、黒い目でいたずらっぽく笑いながら千勢を覗きこんだ。

「津也、津也、千勢をはやく、いいところに嫁にやるこったぞ。」

祖父がきつい口調で母に言った。

二

6

熊谷の北部にあたる箱田から、鎌倉町に出て、荒川の土手の上を歩いて帰ることにした。秋の日は短い。津也と千勢はもう家に帰ってきているであろう。秩父の山々が夕日に染まっている。土手の上に上ったとたんに、川の音が聞えてきた。鳥が山に向かって飛んで行く。腰まで水につかった漁夫が早い流れに竿を振っている。秦喜左衛門は、横抱きにした木綿の風呂敷包がずり落ちそうになるのを、面倒くさそうに抱えなおした。学問の師、内田玄庵から今日返された草稿である。半年以上も預かっておきながら、返す時はきわめて冷淡だった。

「誠に結構でございました。私なども、大いに学ばせていただきました。いや、とても結構な出来映えです。その調子でますますお励みなさいまし。機会があれば、また拝見させて下さいまし。」

愛想の良い作り笑いで体よくつき返されて、何の批評もないのであった。

百年以上も昔の話だが、京都に伊藤仁斎などの儒学者がいて、人倫の学が大いに盛んであった。彼は商家に生まれ、家業を全《まっと》うしてから隠居し、私塾を開き、何百人もの弟子を抱え、論語・孟子などの古学を教授して、多くの著書も著している。

(幼い頃から、勉強好きよ、神童よとはやされて、田舎の寺小屋や私塾でいくら学問をしてみたところで、この自分は中途半端な学問好きの小地主に過ぎない。生活にはそこそこ困ることはないし、村では旧家であり名主である秦喜左衛門を襲名しているからには、特に名誉に飢えることもない。)

「だからだめなのだ。」

喜左衛門は声に出して独語した。

(何もなさない者に、世の人倫の道が語れるわけがあろうか。机上で練りあげた空しい砂の楼閣を私は築こうとしてきたのか。）

「いわゆる、口舌の徒なのか……。」

初めの結婚をしたのが二十六歳の時であった。喘息を患っていたため、遅い結婚であった。妻は鴻巣在の大地主の娘で、おとなしい女であったが、長男喜一郎が三歳の時に、病を得て死んだ。その頃までは、本居宣長に影響を受け、古事記、日本書紀、万葉集などに傾倒し、日本古来の精神論に関する論稿をいくつも書いた。今読んでも、我ながらよくできていると感じ入ってしまう。だが、私塾を商売とし、喜左衛門などのような有閑知識階級を遊ばせる場と考えている師玄庵にとっては、喜左衛門の一途さなどは、うっとうしいものであったろう。

三歳の喜一郎をのこして妻が死ぬと、虚脱感に襲われ、それまでの自分が妙に空しいものに思われてきて、次第に思索的な分野に嗜好が変わってきた。伊藤仁斎の『論語古義』や『孟子古義』などに改めて共感するところがあった。

喜一郎が五歳の時に津也と再婚した。津也は初婚であり二十五歳で、喜左衛門とは十歳違いであった。川向こうの山育ちであったが、背丈がすらりとして、人に美しい印象を与えた。実家は藤岡大尽と呼ばれる林業家であるが、他に養蚕も、田畑も自ら手広く行っている。経営はあくまで堅実で、金は潤沢に貯えているが、生活はきわめて質素である。主人も使用人も、ほとんど区別のつかない身なりで働く。だが、津也の嫁入道具には金を惜しまなかった。一生着るに困らないほどの数々の着物を桐簞笥に詰め込んだ。調度や衣装も、田舎者と言われないようにと熊谷の町中で買い整えた。華やかな津也の嫁入姿に、村中の人々が秦家の門前に集まって見物した。一年経って千勢が生まれた。すくすくと育った。すべて喜一郎と反対である。内向的でひ弱で、成長の遅れている喜一郎を尻目に、千勢は元気一杯に育った。

曹洞宗東竹院の森が見えてきた。その手前に湧水池がある。ここが元《もと》荒川の水源で、久下村をはじめ、遠く行田、吹上まで農業用水を届けている。寛永六年（一六二九年）に、伊奈忠治が、荒川の流れをここで締めきり、河川の流れを南へ変更させたために、久下から東へ向かっていた本来の流れが「元荒川」として残ったのであった。

その池の端に津也の茶道の師、沖田良全の茶室がある。喜左衛門の母が亡くなってから、ここに通うようになって、津也はますます垢抜けてきたようだ。着物もよく誂えている。だが金は喜左衛門が出しているわけではない。津也は実家へ帰るたびに父長蔵から多額の小遣いをもらって来るのであった。彼はそれを知っていて知らぬふりをしている。津也もなにも言わない。しかも、今彼が着ている紬《つむぎ》のお対《つい》の着物も、津也が縫ってくれたのは確かだが、布地の代金は喜左衛門に請求されていない。

もう五十歳だ。人生わずか五十年というが、それまでには書くべきものは書きたいと思い、これまで自分の学んできた国学、儒学などを自分なりの視点で見て、これが自分の構想であると、長年かかって書きあげた論稿であったが、師の玄庵は黙殺した。塾では喜左衛門が年長でもあり、時には師の代講を頼まれる。徹夜して入念な準備をし、いざ講義をしてみると、門下生たちは、つまらなそうな虚ろな目で空を睨んでいるか、下を向いて居眠りしている者もいる。喜左衛門のやや甲高い声が空転するばかりだ。玄庵の講義はにぎやかだ。よく洪笑がおこり議論が湧く。喜左衛門の講義が終っても、質問はほとんどない。たまにあっても、全く見当外れな情けないものばかりで心底がっかりさせられるのであった。

荒川はここで大きく蛇行する。川筋が思いきりこちらの土手に近づいてきたかと思うと、鎌首を返して反転し遠ざかる。そのもっとも土手に近づいた所に久下の舟着場と渡し場がある。薄暮の中で、昼間の活気はどこへやら、二、三叟の舟がもやっているばかりで、船頭の姿も見えない。今頃、川を渡る者はいないのだろう。そこから川と反対側の坂道を下り中山道に出て、一町ほど下ったところに秦家の屋敷があった。

7

門から玄関に至る石畳にほど良い水が打たれて、石灯籠に灯が入っている。その傍に真っ直ぐな赤松が立っている。灯籠の灯を肌に受け、木肌がうす桃色に輝いている。津也の父長蔵が、枝振りの良い松を届けて欲しいという津也の頼みに、選りすぐって運んできたものなのだ。それはどこまでも真っ直ぐな赤松であったから、津也と喜左衛門は、顔を見合わせてしまった。植林に最適な松は、必ずしも観賞用として最適とは言えなかった。仕方なく、門かぶりではなく石灯籠の傍に植えた。この松もすくすくと育っている。

「お帰りなさいませ。」

津也の良く通る声が迎えてくれた。千勢と津也がいない昨夜の淋しさと、今夜のこの空気の違いはどうだろう。千勢の赤い緒のすがった草履が土間にあるだけでも、心が安らぐ。

「あの赤松も太くなってきたな。まるで千勢のようだ。」

「千勢が怒りますよ。」

と言いながら喜左衛門の風呂敷包を受け取った。

「文机の上にでも置いてくれ。」

すこし投げやりな口調で言って、着替えのために奥の間へ行った。すぐに津也が来て、脱ぎ捨てるそばから手際よく衣類を畳み、背後から着なれた普断着の縞木綿を着せかけ、さっと帯を手渡してくれた。

「それで、藤岡ではなんと言っていた。」

「どうもこうも、お話になりゃしません。」

と津也は声をひそめて言った。

「お父っつあんは、千勢を分家させることに大反対でした。しかも、宗助を聟になど、とんでもないと言うのです。親戚筋にあたるとはいえ、宗助は藤岡の居候だと言うのです。将来は、うちの女衆か村の娘か、気立てのよい女を嫁に取って、所帯を持つならいくらでも面倒を見るつもりだ。だが久下村でも名門の秦へ聟に出すなどと、分に沿わねえことは出来ねえ、とこう申しまして。それに、こう申しました。本当に喜左衛門さんもそう望んでいるのかと。それに、喜一郎さんの身になって考えてみろ、いい気がするわけがあるまい。お前は千勢と宗助が可愛いばかりに、目が眩んでいるんじゃねえか。喜左衛門さんとて、心底では、お前と同じ考えではあるまいと。何しろ、古い考え方で固まっていますから……。」

「そうか。」

喜左衛門は吐息をついた。実のところ、自分でも本心はよくわからない。だがこの秦家は、このままでは終りも近いという気がする。喜一郎はあまりにも線が細い。二十一にもなって、病弱を理由に何もせず、終日部屋に籠っている。時々町へ行くが、何をしに行くのか父親の自分にも見当がつかない。千勢は幼い頃から算盤を玩具にして遊ぶ子供だった。試みに教えてみると、とても五歳とは思えない上達ぶりであった。読み書きも六歳年長の兄に次第に負けなくなり、論語など、喜左衛門が喜一郎に手ほどきすれば、傍で聞いているだけで、簡単に空んじてしまうのであった。近頃では、小作人たちとの年貢の交渉や、増減の計算など、千勢が手助けしてくれる。喜一郎が女で、千勢が男であったらなあと何度思ったか知れない。喜左衛門はもう一度溜息をついた。

8

夕餉の膳には、山からの土産がのっていた。山女の塩焼、山鳥としめじの煮物、卵焼き、そして喜一郎の膳には深鉢に入った生卵が添えてあった。

「ほう、豪勢だね。」

喜左衛門が東向きの膳についた。

「みんな田舎のものですが、私には懐かしい味です。喜一郎さん、その卵は種卵なんだって。松吉おじさんが体に良いからって持たせてくれたんだよ。」

喜左衛門の右に喜一郎、左の台所に近い所に、津也と千勢が喜一郎と向き合って座った。

「種卵だってえ、いってえ、そりゃあなんだあ。」

喜一郎は鉢を取りあげ、中に入っている透き通るような光をたたえた卵を、しげしげと眺めてから眉をしかめ、

「おお、気味が悪い。」

と畳の上に置いた。顔色が青白く、面長で、眉ばかりが黒々と太い。目は細く吊り目で、薄い肩と背を丸めて座っている様子が陰気な青年である。

「兄さん、いらないんかい。だったら千勢にもらっていいんだね。」

千勢が鉢に手を伸ばし、上目で兄をのぞき込んで言った。無邪気な幼い表情であった。

「食っていいよ。お前は何でも食っちまうやつだから。」

「ほんとう、ありがとう。」

言うが早いか、手で卵を鷲摑みにすると、髪の簪を抜き取り、卵の先端を突き破ると、仰向いて唇で強く吸った。千勢の白い喉の筋肉が、ぐ、ぐ、ぐびりと動いた。喜左衛門も、津也も、喜一郎も、しばらくはあっ気にとられてなにも言えなかった。

「な、なんて奴なんだ。」

「これっ千勢。」

喜左衛門と津也が同時に叫んだ。

「ああ、うまかった。」

千勢は得意そうに一座を見廻し、いたずらっぽい笑顔で首をすくめた。

「なんと行儀の悪い。若い娘のやることだろうか。」

津也が憤然としている。

「お前、そんな事を、どこで覚えた。」

喜左衛門があきれ顔でたずねた。

「下駄屋のおばさんが、こういう飲み方をしていたんだもの。私もしてみたかったんだ。」

千勢は悪怯《わるび》れる様子がない。

「お前は蛇女か。」

喜一郎がいまいましそうに言った。

「兄さんは蝮《まむし》男か。」

千勢が口を突がらせて言い返した。

「ああ、蝮で結構だ。蝮には毒牙があるぞ。白蛇のどてっ腹に嚙みついてやるか。」

「なにさあ、毒牙なんか持ってないくせにい。ただの嫌われ蝮のくせにい。」

「やめないか、やめないか。せっかくの御馳走がまずくなる。」

喜左衛門が制した。

「千勢、あやまりなさい。」

津也が叱ったが、千勢はもう煮物椀に気を取られて、一心に箸を動かしていた。

喜一郎は妹を憎んだ。俺のことなど眼中にもなく、両親に甘え、甘やかされ、どこまでも図にのっている。食事をしていても味がしない。どす黒い不満が腹の底から突き上がって来て、飯を呑み込むことさえできない。がらりと箸を投げ出して自室に引き籠ってしまった。

9

喜一郎の居室は西側にある。厠が近い。南向きの二つの部屋には、東と南に鉤形に廻る縁側があり、東側が客間、西側が喜左衛門の居室である。喜一郎はその裏側の六畳に寝起きしている。朝日があたることのないこの部屋で、母は亡くなったという。誰が教えてくれなくても、近所の人たちの何気ない言葉から、母の尋常でない死に方が想像された。喜一郎が生まれて間もなく、乳癌を患い、三年目に死んだ。乳房が腐って悪臭を放ち、古い浴衣を切り裂いて膿を吸わせていたという。母の顔は朧気《おぼろげ》に覚えているような気もするが、涙が出るほど懐かしいと思ったことはない。むしろ授乳に来ていたあきやのほうが何倍も懐かしい。父が再婚してからは、今度は祖母が母がわりであった。今は物置になっている藁屋根の隠居屋で一緒に寝起きしていた。祖母は自分をかわいがってくれた。千勢よりもずっとかわいがってくれた。それは祖母が、特においしい菓子や飴は、こっそりと喜一郎にだけくれるのが何よりの証拠だった。継母の津也が自分に辛くあたったことは一度もない。淡々としているように見えながら、それとなく気を使い、長男としての自分をたててくれる。なのに好きになれない。ましてあの千勢は小憎らしい。小さい頃はかわいいと思い、遊んでやらないでもなかった。ところがそのうちに、みるみる生意気になって、

「兄さん、そんなことが出来ないんかい。千勢出来るよ。」

と、大きな目で笑いながら言う。何度、殴ってやろうと思ったことか。もう今となっては、体格も千勢のほうが大きく、殴り合っても勝ち目はないだろう。俺はどうしてこんな弱い体に生まれてきたんだ。こうやって、だらだらと病んで、母のように死んでゆくのだ。

　俺はこの家で、ひとりぼっちだ。千勢は喜左衛門とよく似た顔立ちをしている。笑うとたれ目になるところなどそっくりだ。ただ父の目は茶色っぽいが、千勢のは津也に似て真っ黒だ。俺だけが、死んだ母にそっくりなのだという。この家で、俺だけがひとりぼっちなのだ。

　ほとほとと、障子を叩く音がした。津也が小さなにぎり飯に、手をつけなかった卵焼きを添えて皿に盛って入ってきた。

「さっきは千勢が悪かったね。堪忍しておくれ。本当にいつまで子供なんだか……。さ、もうすこし食べないと、体に毒だよ。」

ひっくり返って天井をにらんでいた喜一郎は、起き上がってあぐらをかいた。

「かまあねえでくんねえかい。あんまり気を使われると、こっちまで、くたびれっちまうじゃねえかい。」

「悪かったねえ。お父っつあんからも叱ってもらうから。」

「ほんとうにもう、ほっといてくれ、やかましいんだよう。」

くるりと背を向けた喜一郎を残して、津也は廊下を曲った。喜一郎に嫁が来て、千勢が嫁に行ってしまったら、多分この私は秦家にいる場所がないであろうと思わずにはいられなかった。床板の冷たさが身に浸みた。庭の植込みがざわざわと風に鳴っていた。


その夜千勢は喜左衛門の部屋に呼ばれた。

「お前は恵まれた子だ。頭もいいし、体も健康だ。だから、そうでない者の苦しみについて考えることが難しいのだろう。世の中には辛い思いを抱えて生きている人がたくさんいるのだ。お前だって、いつそうなるかも知れない。それが理解出来ないうちは、まだ子供だ。大人になって、ものの道理が呑み込めるまでは、嫁にもやらんし聟も取れん。」

そんな意味のことを言われた。兄さんに向かってそんな口をきくな、とか、行儀が悪すぎるぞ、とか言われた方がすっきりしていていい。兄が母の本当の子でないことは、小さい頃から知っていた。だからといって、それが特別なことだとは思いたくない。兄はやはり兄だ。兄妹じゃないか、どうして遠慮がいるのか。仲良し喧嘩をお父っつあんまで本気にして、ああ、いやだ。兄さんは私の兄さんだもの、これからだって言いたいことは言ってやる。それにしても、兄さんと違って、宗助兄ちゃんの男らしいこと。山で鍛え抜いた体から、力が溢れ出て、全身が輝いている。体の割に小さな顔、何よりもやさしい目。そうだ、馬の八幡に似ている。私が名づけ親の八幡そっくりだ。背中に翼があって、空を駆ける馬がいるという。私と宗助兄ちゃんで、その馬に乗り、天空を飛んで星まで駆け上がってみたい。

10

千勢の結婚話は棚上げとなったままで、寒い冬が来た。北から赤城おろしが吹きつけて、往還の埃を巻き上げて走る。その冷たく厳しい寒さこそ、この地方の名物であった。やがて風が弱まってくると、河川敷一面に広がる桑畑の枝々が、固い芽をふく。春が来ると、川原の上でたくさんの雲雀がさえずり出し、土手の斜面が、うっすらと緑に被われてくる。そして酷暑の夏がやってきた。幅広い川原のごろ石と砂原が容赦なく熱せられ、その熱が桑原を被ったかと思うと、茹だるような温気《うんき》が土手を駆け上がり、久下村の人家に襲いかかる。喜左衛門の屋敷の木々も、頭をたれて息たえだえといったところだ。庭に草一本、苔一枚とてないのは、作男の亀三がまめだからではない。草が生えないほどに地面が乾き、激しい夕立があっても、水は地下深く吸い込まれて、荒川の川底へと動いて行く。そのくせ、夕刻になると川原は一気に冷えて、夜になれば、親は子供の寝冷えに気を配らなければならない。

津也は猛暑の刻をやりすごして、日傘を傾けながら茶道の師、良全の茶室に向かっていた。往還には未だ熱がこもっていて、道の面からの反射が顔を照り返す。だが東竹院の森の木立に入り、冷たい湧水池の傍に立つと嘘のように涼しくなる。池からは、幅四尺ほどの水路が出ていて、恐ろしいほどの勢いで迸《ほとばし》っている。水という水が、われ先に流れ出ようとして太い束となり、ぶつかり合い、ひしめき合ってゴンゴンと飛沫をあげている。水底の濃い緑色の水藻が、振り乱した女の髪にも似て、絶え間なく騒いでいる。橋を渡ると、ほど良く古びた白木の門があり、すがすがしく打水された石を踏んで戸を開けた。

「ごきげんよろしゅう。」

「おいでなされませ。」

内弟子の信如が水屋から出てきた。十六か十七か、僧侶のように丸めた頭の剃り跡が青々としている。丸い頬に、人懐っこい笑みがあった。

「お師匠様は、茶室においででございます。」

何はともあれ、茶室の襖を開け、扇を前に置いて挨拶をした。真っ白な総髪で十徳を羽織った良全が端座していた。痩軀に、柔和な表情がいかにも静かである。

「今日は特に暑かったようだのう。」

「はい。こちらは別世界のように涼しゅうございますが……。」

「いや、いや、こことて同じじゃ。」

麻の生成《きなり》地に、薄墨で芒や蜻蛉を描いた夏衣を着て、紺地に白い波をあしらった帯を結んだ津也の姿に目を遊ばせながら、良全は笑みを浮かべた。

「涼やかなお点前で一服頂きますかなあ。」

津也は土色の中に、一本だけ火襷《ひだすき》のある備前の水指《みずさし》を、とっぷりと水に浸した。無釉《むゆう》の焼膚はみるみる水を吸いこんでしっとりと濡れ、一筋の緋色が一段と濃く鮮やかである。したたるばかりの水指を持ち出すと、夏らしい薄茶の稽古が始まった。大振りの平茶碗の中から茶筌を振る音とともに、緑色の細かな泡が湧き上がってくる。静かに茶筌を上げて、茶碗を手に取り、少し廻して客付に出す。

良全はそれを両手で受け、

「頂戴します。」

と、すこし捧げてから、一口、口に含んだ。

「お服加減はいかがでございましょうか。」

「いや、結構じゃ。」

満足そうに飲み干して、そのまま茶碗を手の中に納め、つくづくと眺めている。

「この茶碗は、私が京におりました頃、阿波の国の人からいただいたものでしてな。さよう、随分と昔の話でござるが。」

すこし目を細めて連子《れんじ》格子越しに池の面を見つめている。

「若い頃というのは不思議ですな。なんぞに夢中になってしまうと、猪のように一直線じゃ。この私がそうじゃった。物語いたせば長くなりますがのう、今夕は何故か話してみたい。ご自服で茶を召し上がりながらでよい。私の独りごとじゃで。」

と、茶碗を津也に返した。

「私はある御家人の次男で、いわゆる冷飯食いであった。長男の兄が家督を継ぎ、子も生まれると、もう私は無用な人間じゃった。それでも親は二十六歳の私に嫁をとってくれた。屋敷内の小さな離れ屋での貧しい生活であったが、妻は何の不平も言わなかった。だが、私の方はそれで満足は出来なかった。生まれた男の子が四歳になったばかりの頃、その境涯から逃れるように、京の茶匠に弟子入りした。未だ未だ行く先の長い将来を、何とか切り開き、新しい道を求めようと、訳のわからぬ力に突き動かされ、妻子を残して家を出てしもうた。妻子のことは、親や兄に頼んではきたものの、残された妻や子の辛い立場になって考えを廻らせる余裕はなかった。茶道の修業は厳しい。冬は寒うてなあ、手足はあかぎれで裂けた。じゃが私は茶の道に渇き、学んでも、学んでも満たされず、魔がさしたかと思うばかりに激しく修行した。気がつくと、八年が過ぎておった。やっと奥伝を賜り、ふと我にかえった。はじめて残してきた妻子のことを考えた。だが十年振りに家に帰ってみると、妻も子も他界していたのじゃ。乏しい生活の中で、兄夫婦に気を使いながらの十年は長すぎたのじゃ。中山道をあてもなく放浪して久下の宿まで来て、川原で行き倒れ餓え死にしかけている信如を助けた。別れた頃の我が子と、同じ年恰好であった。見過ごせなかったのじゃ。幼い身で、よほど辛い目をみたのであろう、言葉も忘れ、名前も忘れていた。信如とは、私が名づけたのじゃ。東竹院の順忍和尚や、喜左衛門殿など檀家の皆様方のお蔭で、ここに茶室を構え、教えたり、寺の御用をさせてもらったりしながら信如と二人で静かに暮らしているわけじゃ。」

津也は良全の話に耳を傾けつつ、茶碗をすすぎ、棗《なつめ》を清めた。おおよそのことは知っていたが、改めて良全が静かな口調で語るのを聞き、鳥肌が立った。

「お辛いことでございましたなあ。未熟な私でございますが、お師匠様のお痛みが、よくわかる気がいたします。私にも、身近な人を失った悲しい覚えがあるのでございます。」

日は傾いていたが未だ暮れてはいなかった。池の面に冷たい風が走っていた。

「お稽古、有難うございました。」

と挨拶すると、良全がさっきとはちがった明るい口調で言った。

「津也殿、さきほどの平茶碗を、もう一度、とくと見て帰りなされ。ただの鄙びた茶碗ではあるが、手に取ってみれば心が安らぐ。いびつな端反《はたぞ》りであるのに、畳に置けばゆるぎもなく位置が定まる。何事があろうと無理なく、自然にまかせて、平常心で生きよと、教えているかのようであろう。」

11

津也は祖父に育てられたようなものであった。祖母はすでに他界していて、隠居の身となった祖父が、自然と教育係になっていたのであろう。父の長蔵と母のむつは常に忙しく、使用人たちの指図に追われていた。祖父清三郎は、熊谷の薬種屋から聟に来た人であった。幼い孫に、田舎では珍しい百人一首カルタを買い与え、共に遊んでくれたり、歌の解説も丁寧にしてくれた。また首が細長く、どことなく華奢な津也の体質を心配して、近場の温泉へ湯治に連れて行った。ひと月ほども湯治して帰ってくる時には、津也の着物や髪形が町風になっているので、それを父の長蔵はとても嫌ったものだった。

御殿勤めをしていたという老女が村にいて、娘たちに、行儀や裁縫の指南をしていた。津也は年頃になると、そこに稽古に通いながら、家の仕事の手伝いをした。細い体に似合わず、女衆たちの先頭に立って何でもこなした。津也がそこに加わるだけで、男衆から女衆まで、たちまち活気づいた。紺絣の仕事着に赤いたすきをかけ、菅笠を頭にかぶって、てきぱきと人を使い、桑摘みの速さでは誰にも負けなかった。

「津也ちゃんにはかなわねえわぁ。」

と女衆たちは、その働き振りと、様子の良さに一目置くのだった。母のむつが、

「さあ、働くべえ、働くべえ、あとの茶受けが楽しみだぞ。」

と愛嬌たっぷりに人を使うのと違って、津也は十五歳の若さで、養蚕の指導者として、女主人らしい凛とした態度で人々に指図命令した。和裁の腕も立った。冬の間には、家族から使用人に至るまでの着物の仕立てを手早く仕上げた。長蔵にとっては、頼りになる長女であり、仕事の上での大切な働き

手であり自慢娘であった。だからつい、降るようにある縁談話も、何の彼のと先送りされた。それに津也自身が、どの縁談にもあまり乗り気ではなかった。

津也が十九歳になって長蔵もついに嫁にやる決心をした。相手は藤岡よりも更に山奥であるが、こちら以上の山大尽であった。働き者の津也には似合いの嫁ぎ先であると信じる父は、その話をどんどんと進めていった。だが津也には、祖父清三郎の影響が心の内に濃く宿っていた。若い肉体を躍動させて労働することが嫌いではなく、むしろ好きではあるが、それとは異なった知的な世界への憧れが、幼い頃から芽生えていた。津也は多くの縁談の中に、それらしいものを期待したのだったが、それは空しい期待であった。とうとう、父の勧める縁談をのまざるを得なくなった時、自分でも驚くほど落胆した。何となく気落ちし、元気がなくなり、食欲を失った。その夏のある日、朝起き上がろうとして、蒲団の上に昏倒した。疫病であった。生死をさ迷い、ようよう意識をとりもどしてみると、なんということであろうか、津也につききりで看病してくれた祖父が、津也の病に冒されて死んでいた。それを知った津也は自分を責め、慟哭し、

「私も死にたい。死にたい。」

と日夜泣き続けた。ぴちぴちと青春の気力に溢れていた津也が、青ざめて痩せ衰え、寝たり起きたりが、二年間も続いた。

その頃になると、長蔵が、

「紋付を着て来ない仲人は相手にしない。」

と豪語したほど多かった縁談はぴたりと来なくなり、津也の心が癒えるまでには、更に日時がかかったのであった。

津也が二十三歳になって、結婚をあきらめ、村の娘たちに裁縫を教えながら、一生を送ろうかと思い始めた頃、思いがけなく、荒川対岸の久下村の名主、秦喜左衛門との縁談が湧いて出た。

「子持ちの再婚では、苦労するぞ。」

と、父は気がすすまなかったが、津也は何故か心が動いた。喜左衛門が妻を痛ましい病で失ったこと、そして学問に深い造詣があること、富んではいないが、歴史のある名家であることに心を引かれるものがあった。父長蔵にすれば、名家とはいえ、さして大地主といえるわけでもなく、屋敷も家屋も大したことはない。金の貯えもさしたることはない上に、先妻の残した男の子がいる。津也の将来に希望が見えなかった。が、津也は人が変わったように、積極的に動いた。若い衆の一人を供に連れて、ひそかに久下村の土手の上から、秦家を偵察して来た。帰って来ると、

「お父っつあん、私を久下村へやって下さい。」

と手をついて頼んだ。

「姉さん、一生この家にいていいんだよ。無理して嫁に行くこたあねえんだよ。俺は、その方がうれしいんだから。」

七つ違いの弟松吉も、そろそろ嫁をとる年頃であった。弟のやさしい言葉と父の反対を押し切って津也は、秦喜左衛門に嫁ぐことに決めた。文化五年（一八〇八）、津也二十五歳、喜左衛門三十五歳であった。

三

12

日暮れも近くなって、津也は良全の茶室を辞した。見送ってくれた信如の屈託のない笑顔が不思議であった。この子は辛い過去をすっかり乗り越えることが出来たのか。いつまでも己れの傷をなめている自分を浅ましく思いながらも、時として亡き祖父のことを思い出すと、激しい後悔に苛まれてしまう。

旅籠兼居酒屋の水月楼に灯が点って、賑わい始めの気分が外からも見てとれた。家の玄関に入ると、奥の方で喜一郎の咳が寂しく、こん、こん、と響いた。このところ暑さのせいか、すっかり元気を失い、塞ぎ込んでいる。さんが出てきて、

「お帰りなすって。」

と言うと、すぐに台所に姿を消した。納戸に入り帯を解こうとすると、突然、ばさっという大きな音がして、

「う、うわあ。」

喜一郎の悲鳴が聞えた。驚いて走り出し、喜一郎の部屋へ向かうと、

「うわっ、血、血だあ。血だあ。」

喜一郎の声にならない声が聞えた。

「喜一郎さん、どうかしたかい。」

喜一郎は倒れた障子の上に、のしかかるようにうずくまっていた。苦しそうに歪めた口の廻りに鮮血が流れ、それが白い障子紙を赤く染めていた。

「うわあっ。」

津也は自分でも驚くような大きな声を上げ、もがく喜一郎を凝視した。

足が震えて動けなかった。

「おさん、おさん、早くきて、早くきて。」

台所のさんを呼び、喜一郎を助け起こそうとするが、体が金縛りにあったように動かない。やっとの思いで手を伸ばし、喜一郎の肩に手を触れようとすると、喜一郎の体が大きく震えて、再び血を吐いた。顔色が死人のように青ざめて、黒い眉が気味悪く痙攣している。

「誰かきて、誰かきてぇ。」

津也は、上擦った声でさけんだ。すると突然、途方に暮れている津也を突きのけて、千勢が走り込んできた。

「兄さん、兄さん、しっかりして、しっかりして。おっ母さん、急いで潤庵先生を呼んできて。それから、手拭いと、冷たい水を桶に汲んで、持って来るようにおさんに言って。」

喜一郎を抱き起こしながら、千勢が指図した。千勢の着物の袖口に、まっ赤な血が付いた。

「千勢、袖に、袖に……。」

「おっ母さん、私の言った通りに早くして。」

千勢に睨《にら》まれ、もつれる足で台所へ行って、さんに指図をしてから、草履をつっかけて駕籠屋へ飛んで行き、医師小澤潤庵を迎えにやると、そこにへなへなと座り込んでしまった。

（千勢は大丈夫だろうか。あんなに血が付いて、病気を移されるようなことはあるまいか。千勢も血を吐くようになったらどうしよう。）

恐ろしさに体が震えた。

「おかみさん、水を持って来ましたがね。大丈夫だよ、うちの奴らが韋駄天走りにかけて行ったからさあ。」

駕籠屋の女房が差し出す湯呑を、言われるままに受け取って、一口飲んだ。

（私はなんて嫌な女だろう。現に苦しんでいる義理の息子のことよりも、健康そのものの実の娘のことばかりを心配している。義理の子を我子以上に愛おしむことなど、私にはとても出来そうもない。細々と気配りをして、喜一郎には尽しているつもりでいたのに、さっきの私の態度は情け無い。）

津也は放心したように歩きながら思った。

（私は我執の強い女なのだ……。喜一郎が私を好いてくれないのも無理はない。）

帰ってみると、家の中は静まっており、喜一郎は、濡れ手拭を頭にのせて寝かされていた。汚れた障子は外されていて、どこにも血の跡は残っていなかった。千勢がさっぱりとした藍染の浴衣に半幅帯をしめた姿で、納戸から出て来た。

「おっ母さん、もう大丈夫だよ。兄さんはすっかり落ち着いているから。あとは潤庵先生を待つばかりだ。」

と言いながら、兄の枕元に座り、手拭を絞り直した。喜一郎はされるままになって、死んだように動かずにいる。

「ほら、お父っつあんがお帰りだよ。お迎えに出て、お迎えに出て。」

千勢にうながされて津也は廊下を走った。子供、子供と思っていたのに、千勢はいつの間に、あんな度胸を身につけたのだろうか。津也は混乱する頭の中で、自分には出来なかったことを、あたり前のようにやってしまう千勢には、喜一郎と同じ血が流れているのだと思った。

13

医師はしばらく、喜左衛門と津也に小声で話をしてから、帰って行く気配だった。

(とうとう、ここまで来ていたのか。)

喜一郎は自分を襲った発作の恐ろしさに目が眩んだ。何かといえば、すべてを病気のせいにし、病気であることに甘んじていたが、いざ、本当にそれが牙をむき、わが命に襲いかかって来たのを知ると、喜一郎はとてつもない不条理を突きつけられた気がした。死に対する逃れ難い恐怖に怯えた。

枕元で、千勢が何くれと無く世話をしてくれている。憎らしいはずの妹が、有難くも頼もしくも見える。額に触れるふっくらとした指の感触に、やさしい思いが伝わってくる。

「気分はどうだ。」

父、喜左衛門が部屋に入って来た。背後に、津也が立っている。

「おれは、おれはもう長くねえんだろう。」

喜一郎には、医師が父にそのように宣告したと思えるのだった。

「ちょっとくらい血を吐いたからって、死ぬほど人間は柔《やわ》じゃないさ。体より弱いのは心だよ。」

喜一郎は無言でそっぽを向いた。

「先生は、空気の良い所へ転地した方が良いと言っている。久下は砂埃が多い。胸には良くない。私の喘息も砂埃からくる風土病かも知れん。だが私はこの年になっても、未だ生きている。お前はまだ若い。お前さえその気になって、頑張って治す気さえあれば、きっと元気になれる。要はその気持だ。お前はどう思うのだ。」

喜一郎は、父の落ち着いた言葉に反撥を感じた。

（そんなこたあどうでもいい。恐ろしいよ、死ぬのが恐ろしいよ。理屈はたくさんだ。）

「そんなこたあ、どうだっていいじゃねえか。出て行ってくれ、出て行ってくれ。」

青ざめた額に筋を立て、眉根を寄せ、興奮する喜一郎を残して、両親は部屋を出て行った。千勢が、横を向いた兄の痩せた背をさすりながら言った。

「兄さん、かわいそうな兄さん。千勢が、千勢が兄さんを守ってやるからね。きっと、きっと守ってやるからね。」

「千勢。」

喜一郎は赤子のように泣きじゃくりながら、妹の腕の中に顔を押しつけた。千勢は喜一郎を母のようにやさしく抱いた。

14

盆が過ぎて秋風が吹き始めた頃、津也の実家から、弟の松吉が見舞に来た。喜一郎の病状は落ち着いてはいたものの、気うつがひどく食欲がなかった。また眠れぬ夜を過ごしているせいか傍目からも衰弱が進んでいるのがわかった。松吉は、人の良さそうな笑顔で喜一郎を見た。津也に似た整った顔立ちであるが、その善良さからか、表情には繊細さと弱々しさが混在していた。

「滋養になる物と思ってね、鯉を持ってきたよ。どうだい、いま盥《たらい》に放つから見てみねえかい。」

さんが盥に水を張り、縁側に持ってくると、松吉は、菰と縄でがんじがらめに包んだ鯉を水の中に解き放した。鯉は一瞬死んでいるかのように長々と横向きに浮いていたが、すぐに赤い鰓を開いて水を吸い込み、くるりと起き上がり、径に余る肥えた体を躍動させて、水を縁側に溢れさせた。

「これあすごいや。」

喜一郎は、おそらく半時以上かけて、ここまで運ばれてきた半死半生の鯉が、水を得て奇跡のように蘇える姿に感嘆の声を上げた。

「アハハハハハ。喜一っつあんも、この鯉みてえに、元気になるこったな。」

喜一郎は義理の母津也よりも、この義理の叔父松吉の方に親しみを感じていた。

「どうだかなあ、俺はもうだめみてえだよ。もう、どうにでもなれと思っていらあ。」

盥の中の鯉を、ひざをかかえて覗き込んでいる喜一郎のそばに、松吉も腰をおろした。

「だめなのはみんな同じだよ。誰だって自分をだめだなあと思っているんさ。」

喜一郎が不思議そうに松吉を見上げた。

「おじさんは、そうじゃあねえだろう。」

「とんでもねえよ。俺も同じさ。いつも思っているよ、だめだなあって、な。」

「どこがさあ。」

「俺にゃあ、生まれつき、何の才覚も備わっちゃいねえのさ。だから親父さんの言う通りに動いているだけだ。親父さんにとっちゃ、物足りねえこったろうけど、俺には精々、そのくれえのことしか出来ねえ。それがただ一つ、俺に備わった才能かも知れねえからな。」

いつも柔和な松吉が、そんな事を考えていたのかと、喜一郎には意外であった。

「でも、おじさんには、達者な体があるじゃねえかい。」

「そうでもねえのさ。腰がすぐに痛くなる。六十過ぎの親父さんの方が達者なんだ。俺にはとても真似出来そうもねえよ。でも出来ることを精一杯やるしか他にねえと思っているよ。喜一っつあんも、自分に出来ることを精一杯やってみな。なんだって話じゃねえか、医者が転地をしてみろって言ってるんだってなあ。試してみなよ。山はいい所だよう。俺だって、辛いことはいろいろあるけんど、山へ入って山の気に触れると、何ていうか、自分のどろどろした気持が晒されて、きれいに澄んでくるんだ。山に助けてもらわなかったら、俺なんか、とっくに潰されているよ。どうだい、山の霊気を浴びてみる気になってみなよ。ここで、このままじっとしていたって、らちはあかねえと思うよ。」

喜一郎は、じっと盥の中の鯉を見つめながら考えているようであったが、しばらくして、ぽつりと言った。

「秩父の小川って所を、知ってるかい。」

「知ってるとも。家の辺りからずうっと奥の盆地だ。」

「あきって言う乳母《ばあや》が、そこに住んでるんだ。よく山の話をしてくれたもんだ。そこなら、行ってみてえ気がするんだが……。」

松吉は、喜一郎の照れたような言い方に、屈託のない大声で、アハハハハハ、と笑った。

松吉が、喜左衛門と津也に、喜一郎の意向を伝えると、俄に転地療養の話が具体化した。あきに連絡をとると、四十過ぎになっていたが、転ぶように駆けつけて来て、喜一郎の痩せ衰えた体を抱きしめて泣いた。松吉とあきに付き添われて、喜一郎が小川村へ向かったのは、文政九年（一八二六）十月、秋の終りの風が身に染みる頃であった。

15

喜一郎が小川村に落ち着いた翌年の春あたりから、千勢と宗助の縁組の話が再び浮上してきた。

「千勢と宗助を一緒にしてやってくれ。」

という、喜一郎の残した言葉もさることながら、やはり秦家を守ってゆくための布石は準備する必要があった。相応の名家から聟を取れば、それ相応の扱いと財産の分与がいる。本家のための布石というだけでは、許されないだろう。その点、津也の遠縁でもある宗助ならば、お互いに気心が知れている。喜左衛門も、宗助を幼い頃から知っていて、健やかな体に備わった好もしい人柄を気に入っていた。喜左衛門さえ納得してくれれば、千勢も津也も願ったり叶ったりであった。ただ、津也の父長蔵だけが話を保留する原因となっていた。が、長蔵は宗助の様子をそれとなく観察して、宗助がなんら不服らしい態度をとる様子もなく、なに一つ聞きたがるでもなく、黙々と働く姿を見て、男らしい奴だと思うようになっていた。一方宗助は、ともすれば不安になる心を宥めながら、運を天に委ね、静かにその審判を待った。杉の木に登り、下枝を打ち落す度に、力を込めて祈った。

「千勢を、私の妻にして下さい。」

枝を打つ音は、山々を谺して山の神の耳に届くであろう。また山の端に沈みかける夕日に手を合わせた。

「千勢を、私の嫁にして下さい。」

太陽がうなずいているような気がした。

その秋になって、喜左衛門が、紋付姿で藤岡を訪ね、千勢と宗助の縁談が本決りとなった。

16

文政十一年（一八二八）の春三月、宗助は久下村名主、秦喜左衛門の聟養子となり、その一人娘千勢と祝言をあげた。

三月初めの未だ肌寒い春の宵、秦家の門に木瓜《もっこう》の家紋を印した高張提灯が揚げられ、裃姿の喜左衛門と、花嫁衣装に身をつつんだ千勢が、花聟の到着を待っていた。千勢の衣装は、母津也の嫁入りに用いられた白無垢である。津也の父長蔵が、

「長い間、家のために働いてくれたお前には、これでも足りないくらいだ。」

と言って、態谷の有名呉服屋に調達させただけあって、すこしの黄ばみもなく、純白を保って輝く綸子地であった。

往還の見物人たちがどよめき、門のあたりがにわかに明るくなった。花聟の到着であった。羽織袴の長蔵と松吉に付き添われた宗助の長身が見えた。提灯を持って後に従う男衆たちは、揃《そろい》の絆纏に紺の股引をぴっちりとはいている。さすがに宗助は緊張が隠せず、紋付袴姿に畏まって、肩に力が入り、顎を強く引き付けている。東竹院の和尚に手を引かれ、床間正面に座ると、斜め向いに千勢が座っていた。美しく結い上げた高島田と化粧を施した顔を、薄く透ける真綿の帽子が包み、鮮やかな紅を差した唇だけがくっきりと見えた。晴れやかな二年振りの出会いであった。二人は喜びに輝いていた。宗助の頬が紅潮した。大輪の牡丹の精にも似た千勢の美しさを、客人達は口々に褒め、祝いの言葉を惜しまなかった。

三三九度の盃が済むと、千勢はお色直しに立った。庭に、地酒夕富士の樽が運び込まれ、村中の若者たちに振舞われて座が一気に活気づいた。千勢が綿帽子を外し、黒縮緬の裾模様を着て宗助の隣り

に座ると、若者たちの間から嬌声があがり、

「久下にもいい男がいるぞう。」

などと、冷かしたり、からかったりする者もいて、台所から肴を運ぶ女たちが、どっと笑う声が、夜が更けるまで聞えた。長蔵や松吉が送り出されて門を出る頃には、春の朧月が中天にかかっていた。


二人の新居は、屋敷内の往還添いにある藁葺きの家である。喜左衛門の両親の隠居所であった建物で、二間と、土間だけの平家であった。物置になっていたのだが、畳を替え、障子を張り替え手を加えたが、かつて使用されていた養蚕道具や農具などなどが土間に積まれていて、農民の住居に等しいものであった。月が西に傾く頃、やっと二人は新床の上で向き合った。夜具は祖母むつが、二人のために、糸から紡ぎ、染めて織った木綿地で、赤茶と卯《う》の花色の縞であった。ふっくらとした綿が、やさしく二人の体をつつんだ。

「きっと一緒になれるって信じていた。小さい頃から、私はそう信じていたんだよ。もう兄《あ》んちゃんて呼べないねえ。これからは、あんたって呼んでいいかい。あんたは、どう思っていたんだい。」

千勢が大きな瞳を更に大きくして宗助に言った。千勢はもう、昔のお転婆な小娘ではなかった。落ち着いた女らしさの漂う美しい女になっていた。

「俺もそう信じていたよ。神様、仏様に心から感謝している。千勢は、久下を流れる荒川の神様が、俺に授けてくれた宝物だと思っている。」

宗助も一段と男らしく凜々しい風貌に成長していた。宗助は千勢を強く抱き締めた。

「お前のために働くよ、働いて、働いて、働きぬいて、きっとお前とおっ母さんを幸せにする。川の神にかけて誓うよ。」

宗助の力強い腕が千勢をかき抱いた。千勢の豊かな肉体は山から来た男を受け入れ、全身をその腕に委ねた。

津也は若い二人の新床に向かって手を合わせ、感謝し祈った。

（どうか二人の行く末をお守りください。もしあの二人の結婚が、私の煩悩のなせる業なのであれば、どうか私に罰を下されますように。あの二人は全く罪を知らぬ、清らかな心身を持つ者たちでございます。）

第二章　川に祈る

一

1

喜一郎が山へ行き、宗助と千勢が離れの藁葺きの家に住むようになって、丸二年目の春が過ぎようとしていた。蛇行する川と川原は光で溢れていた。喜左衛門の屋敷は、宗助と千勢の惜しみない労働が隅々までを潤して、見違えるように整い華やいでいた。庭木から屋敷周辺の田や畑、菜園まで、二人は仲良く耕した。津也までも時には、姉様かぶりで立ち働き、それを喜左衛門が手伝っている光景もよく見かけるのであった。宗助が聟に来てから、喜左衛門は学塾へ行く日数が減った。千勢と宗助に助けられながら、名主としての仕事に精を出すようになった。

津也は、喜左衛門に、若い二人のため、河川敷にある土地四反歩を貸してくれるように頼み、そこに桑の苗木を植えるよう宗助に勧めた。宗助と千勢は、藤岡から愛馬の八幡を貸りてくると、一面の荒野と化していた畑を馬力で耕し、見事な桑畑を作ったのであった。桑の成長は早く、二年経った今では、人間の背丈ほどにも成長し、大粒の新芽がこぼれるばかりにびっしりと付いている。養蚕への準備が整ってきた。最初は、ままごとのような分量を掃《は》きたて、いわば試験的に育てたばかりであったが、津也の熟練の業と知識のお蔭で、今年の春は思いがけない収穫であった。繭は秩父から買い付けにくる仲買人に買われてゆくのだが、その現金収入は、すべて若い二人のものとなった。それは宗助にとって大きな喜びであり驚きであった。今まで、いくら木を切っても、桑を運び畑を耕しても、それが現金となって宗助の手元に残ることはなかった。金を得ることが、労働に対する喜びの気持を何倍にも増幅することを知った。朝目覚めると、朝食前にはもう畑に出て桑畑の手入れをした。昨年秋の洪水で、四反の桑畑には、肥沃な砂が推積し、サラサラと株元を被い、一朝ごとに濃い緑の海が広がっている。夏蚕《なつご》の掃立《はきた》てが、間もなく始まるのだ。川は絶え間ない瀬音を響かせ、忙しく往来する小舟や筏の間をぬって、漁師が投網《とあみ》を投げている。宗助は、千勢との新生活に充足し、満たされている自分を感じた。そして川の下流のすぐそこに遠望できる、こんもりとした森に被われた江川村を眺めた。

江川村は宗助の桑畑から四半里ほど下流にある、新川河岸の繁栄とともに出来た村であった。忍城主松平家の支配下にある河岸で、江戸から百石、百五十石の船が着岸する。新川河岸から浅草まで十余りの河岸に寄りながら十五日から二十日を要する水運であった。江戸からの物資は、この新川河岸から大八車に積まれ、桑畑を駆け抜け、ゆるやかな勾配で築かれている土手の坂道を威勢よく上り下りして、北関東一円に行き渡るのであった。帰りの船は米、炭、絹織物、藍などを江戸に送り出す。深い森に囲まれた江川村は、四十軒ほどの商家と養蚕家から成るが、どの家も土を高く盛って石垣を築き、裕福の証しである土蔵や二階建の家屋を、しっかりと屋敷森で囲い込んでいる。塩屋、油屋、雑貨屋、石材屋、鍛冶屋、回船問屋、筏問屋そして質屋、両替商などが流通の潤滑油となり、忍城の経済を支えていた。江戸からの船は、この新川河岸までしか遡航《そこう》することが出来なかったから、秩父地方の木材は、秩父からバラのままか小規模な筏で流され、この新川河岸で本格的な筏に組み変えられて江戸に送られた。

だが、こうした水運の村々の繁栄は同時に、河岸沿いに生活を営むがための、大きな犠牲の上に成り立っていた。伊奈忠治の瀬替え以来、荒川の本流を東から南へと反転させたために、忍城下をはじめ江戸に至る地域に、肥沃な農地が生まれたが、その一方で歴史上にも残る通り、久下村をはじめ、入間川との合流地点に至る下流の村々には、数々の大洪水の記録が残されている。人々は水運による流通と、川のもたらす漁業や、養蚕業の恩恵とともに、洪水の被害も避けられない運命であった。土手の決壊は、村人や家畜を呑み込み、田畑、井戸、家屋を破壊した。

まして、堤の外にある江川村に至ってはさらに厳しい現実があった。洪水で荒川が増水すれば、間もなく水は河岸からじわじわと近づき、ひたひたと庭先から上がってくる。たちまち土間に入り込み、下駄が浮き上がって、くるくると廻り出す。やがて床へ、二階へと迫って来る。江川村の人々は二階から、桑原の彼方の土手をじっとにらみ、あの土手のどこかが、一刻でも早く、切れてくれますように、と祈るのであった。彼等の家は、屋根が土手よりも高く建てられていたから、いざとなれば家族で屋根に避難し、どこかの土手が切れて、水が引くのを一心に待つのであった。そんな苦難を夏秋ごとに味わいながらも、新川河岸の商人たちは、荒川の瀬替え以来、繁栄の河岸から離れようとはしなかった。高く築いた屋敷森の中に、立派な家屋や土蔵を隠して、富を蓄えているのであった。

2

夏の繭も豊穣《ほうじょう》であった。津也と千勢の惜しまぬ努力と、宗助の力仕事が、快い仕事の手順を生み、思いの外の収穫が得られた。一《ひと》蚕で三十貫目の繭が出来たのだった。宗助は更に、五十貫、百貫の増産を考えているのだった。

「うちの人の張り切りようったらありゃあしない。」

濃いまつ毛の下から津也を見上げて千勢が言った。両の手に純白の繭玉が溢れている。

「お蚕様《こさま》はいいねえ。藤岡ではこんな具合にはいかなかった。この土地は特別な繭を生み出すんだね。川の運んだ砂が、良い桑を育ててくれるんだよ。宗助は働くことが大好きな男だよ。なにせ、藤岡で育った男だもの。来年は、この倍以上の収穫を上げるだろう。私も、もう一働きする気になった。まだまだ私の体は働けるようだ。」

千勢は、母も生き生きとしてきたと思う。父も村廻りの役人と村人の間に立って、なにかといっては動き廻っている。宗助とともに秦家の竈《かまど》の中から、大きな炎がゆらめきながら立ち上がりつつあるのだと思う。そう考えると一方で、山へ転地療養に行った兄、喜一郎のことが気になるのだった。

(今頃、何をしているだろうか。藤岡の松吉おじさんを通じて便りはあるけれど、もう丸二年も会っていない。父母は元気で、私たち夫婦も幸せを築いている。兄さんも幸せになって欲しい。)

兄を懐かしみ、愛おしむ思いになるのだった。

「繭をこんなにたくさん作っているってことを兄さんが知ったら、なんて言うだろうねえ。」

「さあ、そうだねえ。」

津也も千勢の気持がわかっているようであった。

「白蛇の卵みてえで気味が悪いやあ。」

千勢が、喜一郎の口振りを真似て見せたので、津也も思わず笑ってしまった。

千勢の肉体を包む肌は、桑摘みや、畑などの野外の労働にすこしも負けず、白く滑らかであった。成熟した肉体に、柔軟な筋肉がついて、若い女の美の絶頂期であった。宗助はそんな千勢を見るにつけても、ますます奮いたち、繭の増収への夢にかり立てられるようであった。


繭の仲買人と、夏繭売買の値が決まり、今夜は、水月楼で手打ちの酒を汲み交わすことになっていた。木綿の着流しで、宗助は水月楼の暖簾をくぐった。すでに数人の養蚕家が集まっていた。土地の狭い久下上分では、江川村のような広大な桑畑がないため、四反歩の桑畑を持つ宗助でも、一端の生産者として認められていた。

「宗助さん、こっちだ、こっちだあ。」

仲買人が手を振った。一段と上質の繭を生産し、先き行きも伸びそうな宗助と、仲買人は昵懇《じっこん》にして欲しいのであった。

「まあまあ、一杯受けておくんなさい。」

腰を低くして徳利をさし出した。

「じゃあ、形だけで。酒はあんまりやらねえんで。」

「そう言わねえでさあ、駆けつけいっぺえっていうがねえ。」

「宗助さんよう、今年は春から大した出来だったじゃねえかい。また秋も水の出る前に上がってもらうべえと願ってさあ、今夜は飲むべえ。」

久下上分最大の生産者である清吉が、音頭をとる形で盃をあげた。養蚕の苦労話、繭の価格の変動、相場などの情報の交換にひとしきり花が咲き、酒がまわるとともに声高に歌などが出て、景気づいてきた頃であった。月代《さかやき》がのび放題にのび、汚れた短い仕事着に荒縄を腰に巻き、そこに垢だらけの手拭をたばさんだ目つきの鋭い大男が、一同の輪の中に割り込んできた。

「おうらっ、このおつにすました若い旦那よう。そうだ、おめえだってばよう。」

と宗助を指で示した。

「さっきから見てりゃあなんでえ。酒はやりませんだとお。皆が飲んで騒いでいるっつうのに、一人でちんと澄まし顔なんぞしやがってえ。盃には手もつけず、はいはいとばかり良い顔をしやがって、胸くそが悪くならあ。そんなにきれいな酒なら、おれが飲んでやっからこっちへよこしやがれえ。」

無作法に宗助の盃に手を伸ばして、小鉢をひっくり返した。手先が震えているのは、泥酔しているためであろう。久下村には、渡し場の他に、上流からの小舟が着く河岸があったし、また中山道を通る多種多様な商人や文人、芸人などが往来した。隣接する新川河岸で働く人足たち、秩父から木材を流し下ってくる舟子など、荒くれた男たちも多くいた。水月楼にも、そうした男たちで、質《たち》のよくない流れ者がいてもおかしくはなかった。

「な、なんでえ、てめえは。」

清吉が酔った大声で立ち上がり、男の胸を突き飛ばした。

「この人は名主の喜左衛門さんの聟さんだぞ。なんか文句でもあるんかい。なかったら、とっとと出て行きやがれ。」

泥酔した大男は、いくじなく土間に倒れこんだままで悪態をついた。

「へっ。聟さんとはいいご身分だぜえ。人の敷いた座蒲団の上にぬくぬくと居すわって、酒は飲みませんなどと、良い男っぷりじゃあねえか。ええ。てめえ、小糠三合持ったら聟になるなっちゅう諺を知らねえな。」

「なんだとう。」

立ち上がって腕まくりをする清吉を、店の主人と仲買人が、まあ、まあと抑えた。宗助はなり行きを黙って見ていたが、

「おやじさん、まあいいよ。俺の盃と徳利をあの人にやってくんねえかい。」

「へえ、けんども、この男は酒癖の悪い奴でねえ。そんじゃあ、いただいて行って、あっちの隅っこでおとなしく飲ませておくとしやしょう。やい、こっちへ来やがれ。」

主人に促されて、男はのろのろと立ち上がると、憎々しそうに宗助を睨みながら、後に従って反対側の隅に行った。仲買人が宗助の耳に口を寄せて言った。

「あんまり関わり合わねえほうがいいですよ。なんせ、人を殺したことのある奴だという話なんでね。わしゃあ秩父の出なんで、聞いた話ですがね。あれで奴は腕の確かな石工だったらしいんでさあ。親方に見込まれて、一人娘の聟になった。愛嬌のある娘でねえ、無口で仏頂面な上に、年が一まわりも離れているあの男とは、いくら腕のいい職人だとしても不似合いじゃねえかと思われたそうですよ。でも結構仲の良い様子で、うまくいってたようでした。ところが、尾張の方から流れて来たらしい若い男が、あの男、玄次郎っていうんですがね、玄次郎の親方の家に住みついたんでさあ。その頃から良くねえ噂話が立ち始めていたけんど、若い女房とその尾張から来た流れ者が出来ちまって、逆上した玄次郎は女房の心の臓を石鑿《のみ》でひと突きに殺して逃げたんでさあ。娘の不義からとはいえ、親方はたった一人の跡取り娘を殺されちまった。玄次郎は流れ者になって、今は河岸の人足をしているけんど、おっつけ何処かへ流れて行っちまうでしょうがね。若い様子の良い男を見ると、酔っては絡んでくるんだよ。宗助さんは男っぷりがいいからなあ、妬けるんでしょうよ。」

といって、ポンと宗助の背中を叩いた。

「だけんど、懐にゃあ石工道具の石鑿を隠し持ってるって話だから、よくよく気をつけておくんなせえよ。手負いの猪みてえな奴だからねえ。」

宗助は水月楼を出ると、土手に上り、土手伝いに家に帰ることにした。仲買人の話した玄次郎の話が何故か気になった。何故、その若い男ではなく、女房を殺したのであろうか。自分だったら千勢ではなく、相手の男を刺すだろうと思ってから、俺はなんて馬鹿なことを考えているもんだとあきれつつ、腕組みをしながらゆっくりと歩んだ。

(たしかに俺は、秦喜左衛門の娘聟だ。それについて特に思い悩んだことはない。千勢や津也と一緒に暮らせることこそが俺の幸せだ。物心ついてから、はじめて知った俺の家族だ。喜左衛門も、この俺を選んでくれた。土地を分けてもらたいためでも、金を貰いたいためでもない。それどころか千勢のために働いて働き抜いて、秦家の分家を立派に興隆させる気持でいっぱいだ。千勢、絶対に俺を裏切らないでくれ、俺もお前を、絶対に裏切ることなどしない。)

宗助は千勢の面影を求めて空を見上げた。夏の終りを告げる冷たい風が流れていた。遙か彼方にある江川村は、深い森の中に静まっていて明かり一つ見えなかった。

3

九つ（午前零時頃）を過ぎて、千勢はふと目が覚めた。こんな時刻に目覚めることなどなかった。昨夜の愛の昂りがまだ体に残っていて、目覚めてもなお意識は陶然としていた。表の板戸のあたりで音がする。人とも獣とも聞き分けられない呻き声が聞えた。

（泥棒だろうか。）

不安な気持になって千勢は起き上がり、石のように静かに寝ている夫の体をゆすった。

「起きて、起きて、外が変だよ。」

宗助は眼をぱっと見開くと、そのまま耳を澄ませた。千勢は宗助の耳が動いたかのように思えた。宗助はしばらくそうしていたが、取り乱す様子もなく、静かに立ち上がると、草履をはいて戸口に行き、外の様子をうかがった。千勢にも、どうやらそれが人の気配であるとわかった。宗助が止め木の桟をカタリと外し、板戸を開けると、ぼろきれの固まりのようなものが、うずくまってなにやら言っているのであった。

「な、なんだこれはっ。」

と宗助が叫び、千勢が手燭を近づけ、驚いて身を引いた。宗助は男の酒臭い息をかいで、昨晩、水月楼で出会った酔払い、玄次郎という石職人であろうと察しがついた。

「一体、どうしたってんだい、このざまは。」

宗助の声に男はうずくまったまま顔を上げた。醜い顔であった。人間もこんなに醜くなるのだろうか、と千勢は寝衣の袖口で顔を被った。

「な、なんで俺に酒を飲ませたあ。」

男は、まわらぬ舌で唇をなめながら、毒々しい目つきで宗助を睨んでいた。

「なんだとう。」

宗助が聞き返す。

「なんだって俺に酒なんぞ飲ませやがったのかって聞いているんだよう。てめえが俺に酒を飲ませたおかげで、俺あこのざまだあ。明日の仕事の稼ぎまで飲んじまったあ。明日からあ、食う物もねえ、俺に死ねってんだなあ。恵むんなら飯まで恵め、宿まで恵め、役にも立たねえ酒なんぞ恵みやがって、肝腎なもんは恵みやあしねえんだ。てめえらはみんなそういう奴らだ。恵まねえというんなら、さあ、俺を殺せ、殺しやがれえ。」

宗助は千勢を振り向いて、

「夕べ水月楼で酒をねだられてな。どうやら飲ましてやったんが仇になったらしい。これ以上騒がれても外聞が悪い。お父っつあんや、おっ母さんに聞えても困るし、そうだ、風呂場の隣の木小屋に入れておこう。こう酔っていちゃ、悪いこともできねえだろう。」

男は死んだようにぐったりして、もうなにも言わなかった。行き倒れという者を見たことはないが、おそらくこんな者のことをいうのであろうと千勢は思った。宗助は、いくじなく頽《くずお》れている大きな男を、かるがると肩で支えて、薪や粗朶《そだ》の積み込まれた木小屋まで運んだ。

「おっ母さんや、おさんが驚くといけねえから、明日の朝は早起きして、飯の焚きつけは千勢がしてくれ。」

宗助の落着いた様子に安心して、千勢は頷いた。

夏でも真夜中は冷える。床にもどり、もう一度体を温め合いながら、宗助は寝物語に仲買人から聞いた無頼な男の悲しい物語を話した。二人はそれぞれの気持で、あのみじめな男の運命を反芻しながら、再び眠りに落ちた。

4

恐ろしく喉が渇いていた。玄次郎は暗黒と渇きの恐怖の中で虫のようにもがいていた。

（もう、ここは地獄なのか。俺は死んだのか。いや未だ死んではいない。死の世界へ向かうために苦しみもがいているのだ。死にたい。はやく死んでしまいたい。だがその先には、もっと辛い地獄が待っているのか。永遠に平安の訪れなどない、永遠の地獄に俺は落ちて行くのだ。）

絶望が更に暗闇を濃くし、焼ける渇きが身を苛んだ。

（助けてくれ、助けてくれ、水を、水を、お慈悲を……。）

すると突然、かつて自分が石の中から彫り出し、地上に迎えた観音の姿が目蓋の中に浮かび上がった。そこから一筋の光が差して闇を切り裂いた。顔をゆがめて光を仰ぎ手を差し出し、両手を合わせて拝んだ。

（お慈悲を。お慈悲を……。）

豊かに結い上げた髪に宝冠が戴かれ、胸から珠を連ねた瓔珞《ようらく》が下がっている。薄い衣の下の白い肌が朝日に輝いている。石の観音はみるみる鮮やかな色彩を帯びて玄次郎に近づいてきた。手には水を満たした玻璃《はり》の瓶があった。

（水、水、水……。）

輝きはいよいよ増し、伏眼に玄次郎を見つめて微笑む観音の顔がすぐそこにあった。蓮の花の香気があたりに漂い、すさんだ玄次郎の心を癒した。

（お許し下さい。お許し下さい。）

玄次郎は、聖なる水を一口飲むと、再び気を失った。

津也は、行き倒れの男が、木小屋で死にかけていることを宗助と千勢から聞いて眉をひそめた。まず喜左衛門に知らせなければならなかった。廊下を鉤の手に廻って書斎へ急いだ。喜左衛門は朝起きると、この坪山に面した部屋で書きものをすることになっていた。

「昨晩、宗助と千勢が行き倒れの男を、木小屋へ泊めてやったらしいんですが、その男がどうやら死にかけているようです。困ったことになりました。」

喜左衛門は筆を置いて津也の方を向いた。

「ほう。」

「私も今、ちょっとばかり見てきましたが、きたない姿で……。宗助の話では、なんでも訳があって、女房を殺した石工だとか。秩父から流れてきたようです。千勢が水を飲ませたら、お許しを、とかお慈悲を、とか言って涙をぼろぼろこぼして、また気を失ってしまったそうですよ。」

「そうか……。」

と喜左衛門は腕を組んで考え込む様子だった。

「うちで死なれるのも困りますねえ。」

喜左衛門は、長男喜一郎のことを考えていた。あの子もこの家の中で、一人孤独と戦いながら行き倒れていたと言えないだろうか。それが、幼い頃の乳母あきやの里に行ってから、見違えるように元気になっているという。喀血はなくなり、この頃では山歩きも楽しんでいるらしい。性格も明るくなったと、津也の弟松吉からも聞いている。

「潤庵先生に診てもらおう。たとえ人殺しだとしても、慈悲を求めている者を、見捨てるわけにもゆくまい。」

喜左衛門は、自分が半生を費やして書いた人倫のあるべき姿を、残り少ない人生で、自ら実践してみようと考えるようになっていた。ごく普通のごく平凡な人間が、人としての良心に従って一生を全うする、という極めて平凡な結論ではあるが、それこそが人のあるべき姿の根本であると思い至ったのであった。

「良全先生のところの信如さんも、幼い頃先生に救われたのだったたな。」

「はい。今となっては、そのような悲しい境涯であった様子など、微塵もありませんが。」

「人は変われるものなのだ。」

と喜左衛門は頷いた。

医者の見立てによれば、悪い流行病などではなく、長い間のすさんだ放浪生活のために、心身が極度に衰弱しているだけだ、とのことであった。少し時間はかかるかも知れないが、重湯から始めて、食事がとれるようになれば、五臓六腑がまた動き出すであろう、元来は強健な男のようだ、との所見であった。

玄次郎が正気を取りもどしたのは、それから三日後の朝であった。あたりを見回すと、薪や粗朶、炭などが詰め込まれた木小屋の一隅にある縁台の上に寝ていた。

（ここは何処だ。俺は未だ生きているのだ。）

なぜか涙がこぼれ落ちた。

（生きていいんですかい。生きていいんですかい。）

目を閉じて涙をこぼしながら、幻の観音に問いかけた。

5

玄次郎は、秩父の山間の皆野村に、貧農の次男として生まれた。十歳を待たずに長瀞の石屋に奉公に出された。親方は評判の腕利きで、札所の寺々に納められた観音や地蔵は、一目でその人の作とわかる名人であった。それだけに気難しく、教え方も厳しく、長く務まる職人がいなかった。玄次郎だけはそれによく耐え続け、十年、十五年と年月が経つと、一目では親方林太郎の彫りと、見分けることが難しいほどに腕前を上げていた。仕事を少しずつ任されるようになり、店への注文も多くなった。

だがその頃、林太郎の女房が死に、林太郎は弱気になったのか、玄次郎と、娘のひさを一緒にさせる気になったのだ。ひさは、明るい人好きのする性格で、玄次郎より十三歳年下であった。玄次郎が長い間の厳しい修行のために、抑制がききすぎて、無口で暗く、人好きのしない印象であるのとは対照的に、無邪気で開放的であった。玄次郎は、そんなひさを子供のころから眩しい思いで見ていたから、まるで夢のような話であった。石材置場兼用の仕事場の奥にある玄次郎の狭い部屋に、ひさが朗らかに笑いながら自分の夜具を運び込んできた。その唐草模様の薄紅色が玄次郎の胸を熱くした。それは幸せの象徴であった。夜な夜な二人は、睦み合い飽くことを知らなかった。ひさは、顔立ちは十人並みで小柄であったが、華奢な骨格にたっぷりと脂を蓄え、奔放な性の昂りを恥じらいもせずに玄次郎にぶつけてくるのであった。

(思えばあの頃こそ、自分がこの世ではじめて知った幸せな日々であった。そしてそれは、あまりにも短い日々であった。)

「あの男さえ、あの男さえ現われなかったなら。」

玄次郎は何度そう絶叫したことだろうか。

ひさと一緒になって一年半ほどの間、注文は増え、玄次郎の名も次第に上がってきた。親方の林太郎は仕事への意欲を失っていたから、玄次郎一人では仕事をこなしきれなくなっていた。そして林太郎が連れてきたのが、元助という若い男であった。尾張の生まれだが、江戸にいたこともあるという。どこか町風な垢抜けた身のこなしと言葉使いであった。玄次郎からみれば、小生意気で、好かない奴だと思われたが、腕は悪くなく、特に御影石など堅い石の扱い方には、玄次郎も学ばされる所があった。下彫りや形取りなどに十分に役に立った。玄次郎が元助を弟子にすることに同意すると、玄次郎とひさは、親方林太郎の住む母屋に同居し、元助が石材小屋に住み込むことになった。

そして、その夜から玄次郎とひさの蜜月は終ってしまった。さして広くもない家の、襖一つ隔てた向こうに、親方が寝ているという意識が玄次郎を呪縛した。奔放に求めてくるひさに、玄次郎は応える勇気がなかった。いくら息を殺してそれに応えようとしても、親方のしわぶき一つ、寝返り一つで心臓が止まるばかりに驚き、体は石のように動かなくなり、ひさの侮蔑に耐えなければならなかった。玄次郎は仕事の中へ逃げ込んだ。親方も、ひさも、元助も目に入れず、ひたすら石を打って、なにも見ようとしなかったのだ。

それはある寒い夜だった。隣村の寺へ納めた観音像の開眼式があり、酒宴に呼ばれ、帰りが遅くなった。十一月の木枯らしに提灯をゆらしながら帰ってくると、親方は寝てしまったらしく、家の中は静かであった。夜具はのべてあったが、寝間にひさはいなかった。玄次郎は直感した。

「あっ」

と声をあげると、きっと石材小屋の奥をにらんだ。小屋からは明かり一つもれていなかったが、玄次郎は確信した。あの幸せだった日々の夜々を脳裏に思い浮かべ、血が逆上した。走り込んで板戸を蹴破ると同時に、胸元も露なひさが飛び出して来た。

「あんたあ、あんたあっ。」

乱れた着物もそのままに、玄次郎にしがみついて来た。

「うるせえっ。」

傍にあった石鑿を逆手に持つと、元助がころがり出てきた。

「親方っ、親方っ、ち、ちがうんだ、まず話を聞いてくだせえっ。」

見れば下帯一つの裸体である。

「く、くたばりやがれっ！」

玄次郎は胸に武者振りついているひさを引き離し、白い胸を鑿で一撃した。噴き出る血潮の向こうに恐怖でゆがんだ元助の顔を見た。その夜、玄次郎は秩父から姿を消していたのであった。

二

6

玄次郎が、秦喜左衛門の屋敷に居ついて、二年が経っていた。喜左衛門と東竹院の和尚順忍の尽力で、人別帳にも、喜左衛門宅の使用人として所在が認められた。秩父での一件は、親方がひさを死亡として届け出ていたし、元助は行方が知れなかった。玄次郎は、宗助の養蚕と農業の片腕となりよく働いた。相変わらず人相もよくはなく、無口で陰気であったが、喜左衛門にもよく仕えた。井戸脇の坪山の陰にある木小屋で寝起きし、女衆のおさんに、台所で飯を食わせてもらっていた。

宗助は、養蚕をできる限り拡張していた。自分たちの住居の中はもちろん、軒先から板葺きの粗末な蚕小屋を延長して作り、至るところが蚕だらけであった。河川敷の畑は、土地がある限り耕され、六反歩の桑畑となった。年毎の氾濫で、畑には美しい砂が流れ込み、虫一つ寄せつけない清潔な桑の葉がゆさゆさと風に揺れていた。千勢も津也とともに蚕の世話に精を出した。玄次郎は千勢のそんな姿を見るたびに

（あの人は、どこかで会ったことがある。）

と思ってしまうのだった。

「姉《あね》さん、気をつけた方がいいですよ、玄次郎の奴が、姉さんをじっと見ているんだから。ほんとに気味が悪いよ。」

と、おさんが、もうすぐ上蚕する前の、やや透明感を帯びてきた蚕に桑の葉を与えている千勢の肘をつっついた。

「あん時だってさあ、あたしが粥を食わせてやろうとしても、口を一文字にして、一口だって食うもんかって様子だったんに、姉さんが口もとに運んでやると、ぱくぱく食っていたんだから。ほんとに、いやな奴だよ。」

千勢は笑いながら
「ああ、玄さんが倒れ込んできた時の話かい。いいじゃあないか。今じゃ、うちの人や、お父っつあんにとっちゃ、なくちゃなんない人じゃないか。根が真面目な人だから、恩に感じているんだろうが。でも人は相身互いって言うだろう。うちの兄さん（喜一郎）も秩父のどこかで、他《よそ》の人の世話になって、元気に暮らしているんだからね。不思議な因縁とでもいうんだろうねえ。」

千勢は宗助が大きな原動力となって、玄次郎をはじめ、千勢、津也、喜左衛門までも動かし、秦家そのものを、大きく変えてゆこうとしているのを感じていた。

その朝、千勢は宗助のやや甲高い声で目が覚めた。頭が重かった。目覚めるより早く、体が動き出す千勢であったが、いつもと様子が違っていた。起き上がり首を左右に振ってみると、ずんと頭に響いた。昨夜、蚕たちの旺盛な食欲に追われて、何度も起きて、桑の葉を与えなければならなかった。繭になる前の数日は、ほとんど不眠不休で桑を食べさせるのである。養蚕は、男の力仕事以上に、女の細やかな気配りと忍耐が必要であった。

(少し疲れがたまったのだろうか……。)

立ち上がると体がゆらりと傾いた。こんなことは生まれてはじめてであった。

「千勢、千勢。」

宗助が少しいらついた声で呼んでいる。

「はい。」

なんでもないふりで明るく答え、手早く着替えた。宗助と玄次郎が、早朝の庭に立って空を仰いでいる。雨は降っていないが、八月末というにしては生暖かい風が坪山の木々を揺らしていた。

「風が丑寅(北東)から吹いている。」

宗助に言われて南の空を見ると、荒川の上空を低い雲の群れが素早い足どりで秩父の山に向かって行くのが見える。

「旦那、こりゃあ秩父じゃどしゃ降りだんべえ。」

玄次郎が心配そうに言った。

「千勢、おっ母さんに聞いて来い。蚕はあと何桑食えば上がるかとな。今、家には何桑分が残っているか。今日の午前中に桑を全部用意できないことには大事《おおごと》だぞう。」

「すぐ荷車を出すべえ。」

玄次郎が身をひるがえして桑を摘みに出る支度にかかった。千勢は母屋へ走って行った。不吉な予感がする。母は今、起きたばかりであった。

「おっ母さん、今朝のうちに今日入用な桑を全部摘んでおかないと大変なことになるそうだよ。」

今日は養蚕の勝負の日であった。蚕は美しい繭となるために桑を食べに食べるのである。

「家にあるのは、あと二回分だけだよ。五回分は摘んでおいた方がいい。おかしな天気だ。大水が来るかも知れない。」

千勢はとって返して宗助にそれを告げると、たすきを掛け、手甲脚絆を着け、髪に手拭を巻くと、朝飯ぬきで桑畑へ急いだ。玄次郎とおさんの夫、文太が荷車をひいて、土手の坂を上っていた。川の流れは静かであったが濁っている。時々吹きつける風に、濃い緑をたたえた桑の木が左右に揺れてざわめく。津也ゆずりの手際の良さで、千勢は指にかけた鉄の爪で、パリパリと葉を切り取り、一枚も外れることなく足元の桑籠の中へ落下させた。夢中で半時ばかり働き、玄次郎の車が一往復した頃、突然大きな雨足が桑畑を襲った。その音は雷鳴のように轟き、桑の葉は一瞬でずぶ濡れになった。千勢も宗助も文太も、笠と蓑《みの》を着けた。風が出てきた。右からも左からも吹きつけ、桑は頭を振って抗う。大海の波の中に引きずり込まれるような恐怖が襲ってくる。すこし離れたところで、宗助が必死の面持ちで桑と戦っているのが見える。高い鼻梁を天に向け、目が釣り上がっている。その目は大粒の雨に叩かれても目ばたきもしない。桑は恐ろしい勢いで籠の中に落下してゆく。急に目の前が暗くなり、体が揺らいだ。千勢は今朝以来の体の不調にいらいらしながら、更に激しく桑を摘んだ。雨はいよいよ激しい吹き降りとなり、全身が濡れた。

「あっ……。」

宗助が小さく叫んだ。続いて地震のような低い地鳴りが遙か遠くから近づいてくる。

「六堰《ろくせき》（上流の取水口）を切りやがったな。鉄砲水が来るぞっ。」

宗助と玄次郎が同時に叫んだ。川の上流をみると、白波を蹴立てた濁流が、幾重もの層をなして押し寄せていた。川は狂人となった。

7

濁流が桑畑にしのび込み、足元を洗うようになるまでにさほど時間はかからなかった。川幅は麺棒をころがすように、みるみる広がった。川原を浸し、桑畑を侵蝕すると、両岸の土手に向かって突進する。本来の川筋のあたりは、大波が牙をむき渦巻くひまもなく流れ去って行く。高価な木材が波間で身悶えしながら流れて行く。山育ちの宗助にとっては、見慣れない恐ろしい川の形相であった。

（このままでは桑は十分確保できないだろう。もう少し時間が欲しい。あと少しの桑が是非とも必要だ。あの純白の繭を得るために、自分も千勢も津也も、出来ない努力をしてきた。あきらめてなるか。あきらめてなるもんかい。）

宗助は桑を摘みながら考えを廻らした。そして自分の川舟を曳いて歩いている、川漁師の忠太郎の姿を見つけると、水を蹴って跳んで行った。

「おうい、忠さん、忠太郎さん。」

丸い背の上で猪首を廻らせ、川漁師は振り向いた。

「えらいことになんなけれあ良いがなあ。今朝、俺の魚籠に、まるで大蛇みてえな鰻が入ってよう。早速出て行ってもらったっけがね。腹がこう金色に光っていたが、川神様の祟《たた》りがなけりゃいいが……。」

日焼けした皺だらけの顔に不安が現われていた。

「忠さんよ、その舟を貸してくんねえか。桑を土手まで運びてえんだ。これじゃ荷車は使えねえ。」

「川舟で桑なんぞ運んだら、それこそ川神様の祟りにあうんじゃねえか。」

「祟りなんぞある訳がねえよ。久下村じゃ鰻は食わねえ。それは鰻が川神様のお使いだからだ。川神様は桑の守り神だよ。お蚕様の食い物を運んで祟る訳があんめえ。礼はたんまりするよ。」

こう言いながら、宗助はもう忠太郎から舟の曳き綱を取り上げていた。

「舟に傷なんぞつけんなよう。」

忠太郎が心配そうに後ろから声をかけた。

「傷なんぞつくもんか。久下の舟大工はそんな柔な舟はこさえねえだんべえ。」

それでも忠太郎は、宗助の後について来た。

「玄次郎、文太、もう摘むのは止めろ。桑の木を根元からかっ切って舟に積むんだ。おおい、千勢！」

絶叫しながら指図し、千勢を呼んだが返事がなかった。驚いてさがすと、千勢は背丈が隠れるほどに高い桑の木の枝と枝に支えられてはいるものの、手をだらりと下ろし、傾いた笠の下で意識を失っていた。

「千勢、大丈夫かあ。玄次郎、文太来てくれぃ。千勢が大変だあ。」

腕で支えると、くずれるように倒れかかってきた。頰に濡れた髪がべたりとついて、水死人のようであった。玄次郎が顔色を変えて跳んで来た。思いもかけない事態に、茫然として雨に打たれながら佇んでいる。

「千勢を背負って家へ連れて行って、おっ母さんに見てもらえ。文太は荷車を土手に運べ。俺は桑をかっ切って舟に積む。玄次郎も文太もすぐに戻って来いっ。」

玄次郎は千勢を背負って、文太は桑を満載した荷車をひいて、水と戦いながら土手に向かった。雨に濡れ気を失っている千勢の体は、不安定で重かったが、玄次郎は夢中で走った。背中に伝わってくる千勢の体の重みが、この世のものとは思えないほど大切な、何物にも代え難いものに思えた。土手を一気に上り、坂を下ればもう屋敷内であった。母屋へたどり着くと、坪庭側から戸をたたいた。

「あけてくれ、あけてくれ、大変だあ。」

雨戸を引いていたおさんが走って来て、ぐったりしている千勢を見ると、のけぞって驚き悲鳴をあげた。その声で気づいたのか、千勢が小さい声で言った。

「騒がないで。おっ母さんは桑くれに忙しいから手を外せないよ。蒲団を敷いておくれ、私なら大丈夫、たいしたことはない。自分で着替えられるから。玄さんははやく、旦那のところへ戻っておくれ。私なら大丈夫だって言うんだよ。」

言われて玄次郎は、きびすを返して走り出した。千勢を背に負った感触が未だしっかりと残っていた。そして、妻ひさを鋭い鑿で刺した日の記憶が蘇った。立ち止まって両の手を眺めた。

「うわっ！」

玄次郎は悲鳴をあげた。あの日のように、両の手の平は真っ赤な血に染まっていた。

「ひさ、ひさ、許してくれ、許してくれ。」

玄次郎は跪いて天を仰いだ。大粒の雨は、罪ある男の手の平を叩いて血を洗い流した。玄次郎は奇蹟を見た。修行僧にも似た二年間の作務を天が認めてくれたのであろうか。玄次郎は大声で泣きながら水の中を走った。

8

「おっ母さんには、ちょっと気持が悪くなって休んでいるだけだと言っておくれ。お前も早く、桑くれを手伝いにいって。私のことは大丈夫だから。」

おさんを仕事にもどすと、横座りのまゝ、濡れた仕事着を脱いだ。指先が凍えて手甲も脚絆もなかなか外れなかった。下腹部の重苦しい痛みが激しさを増し、額に汗が浮いてくる。なのに体は氷のように冷たい。母の箪笥を開けて、一番上にある浴衣を取りだし、それを着て、更にもう一枚を着た。もう一つの引き出しに手をかけ、手前にぐっと引き出した時、猛烈な痛みと共に、下半身に焼けるような熱いものが動いているのを感じた。

「うっ……。」

小さく呻いて体を二つに折った。熱い固まりが、下腹部から股間に向かって落ちてくる。几帳面に畳まれている津也の腰巻をわし摑みにして太腿の中へ押し込んだ。それはたちまち濃い血の色に染まっていた。

(私は身籠っていたのだ……。)

千勢は全身の力が抜け、蒲団の上に倒れ込んだ。

結婚以来丸四年が過ぎても、その兆しは全くなかった。それに宗助の恐るべき馬力で始まった一からの養蚕業に、一家をあげて取り組んでいたから、それについて考えている暇もなかった。桑はますます育ち、繭は増産していった。月のめぐりも、少々の早い遅いなど気にもとめず、春夏秋と、駆け足の毎日であった。そして宗助も千勢も収益が増えることに張合いを感じていたのであった。千勢は思わぬ落し穴に落ちたのだった。

外では、雨が雨を呼んで荒ぶっている。蚕に桑を与える指図をする津也の声が、ちぎれちぎれに耳に届く。胸を悲しみが締めつけた。

（私の子、私の子、私の体内に宿ってくれた大切な命。愛《いと》しいわが子。おろかで無知な母がお前の命を断ってしまった。許して、許して……。）

蒲団を噛んで声を殺して泣いた。罪深さと喪失感に打ちのめされて千勢は気を失った。体は氷よりも冷え、熱いものを体外に排出してしまった肉体は、無用の抜け殻となって横たわるばかりであった。

宗助の明るい声で気がついた。勢いよく障子が開いて、宗助の上気した顔が見えた。

「桑は十分とれたぞ。心配はいらねえ。大丈夫か……。疲れがたまっていたんだろう。俺はこれから、お父っあんが行っている水防小屋へ行くよ。蚕は食うだけ食えばあとは繭になるだけだ。熊久《ゆうきゅう》の切所《きれしょ》が心配だ。行ってくるぞ。」

弾んだ様子で姿を消すと、あわただしく走り出して行く気配がする。遠くで半鐘が鳴っている。雨と風の音の合間から絶え間なく川鳴りが響いている。宗助のなにも気づかない屈託のなさが千勢を傷つけた。敗者のように、あるいは傷ついた獣のように横たわっている自分の姿が信じられなかった。嗚咽が込み上げてきた。そしてそんな自分を嫌悪した。

津也が入ってきた。

「やっと一息ついたよ。人間も蚕もね。」

母も朝飯ぬきで働いていたのであろうと思い、

「今、何時だい。」

とたずねた。

「九つ（午前十二時）過ぎたよ。さあ、握り飯をこさえてきたから一緒に食べよう。大変な騒ぎだったようだ。宗助が胸まで水に漬かりながら、桑の木を根元から切って、川漁師の忠さんの船に積んだんだとさ。それを忠さんが土手まで運んだんだそうだ。文太がいうには宗助が鬼のように見えたそうだ。おかげでうちは助かったけど、余所様《よそさま》は水のまわりが速かったから、桑不足でどうにもならないらしい。江川村は全滅だ。今年の秋蚕は何十年に一度の大不作だ。」

そう話しながら、千勢の顔色の悪さとその顔つきに、はじめて異常を見てとった。

「お前、どうかしたかい。ただの疲れじゃないね。さあ、こっちに顔をみせてみな。」

無理やりに夜具を押しのけて千勢を覗き込んだ。哀れな涙に濡れた顔であった。

「千勢っ。お前は、お前は……。」

「おっ母さん、私はなんて、なんて馬鹿な母親だろう。子を授かっていたことを気づかなかったなんて。恥ずかしい、恥ずかしいよ。」

顔も被わずに涙をこぼした。

「宗助には言ってないんだね。」

表情を固くして津也が言った。千勢は黙って頷いた。千勢のくやしそうな表情を津也は辛い気持で見つめた。

「たしかにお前は不注意だった。だが宗助も悪い。あれは女にさせる仕事じゃない。私もいけなかった。油断していた。お前は小さい頃から、そのあたりの悪がきにだって負けないほどのお転婆だったからね。お前一人で悔やむんじゃない。悔やむなら宗助と二人で悔やむがいい。でも実際に血を流し、体が傷つくのは女のお前の方だ。恨みを言うなら、たあんと言ってやるがいい。言われなけりゃ、男にはわからないことなんだから。」

9

笠を切る風がひゅうひゅうと鳴った。宗助がこの四年間、荒川中流の村に住んで、初めて経験する大洪水であった。水の恐ろしさと戦いながらも、必要な桑を確保できた満足感と恐ろしいもの見たさに、つい興奮してしまうのであった。切所とは、伊那忠治が、荒川の瀬替えのために川筋を切り返したその場所である。これまでも、何度もこの場所が決壊していた。切所の土手の下にある元荒川の湧水池は、水が溢れに溢れて恐ろしい勢いで水路に殺到し、轟音をあげて石橋を洗っている。川筋を変えられて、川神が怒りの声を上げているかのように聞えた。

水防小屋には、村廻りの役人、作事奉行配下の侍、村の有力者、水防団の村人たちが詰めていて、土嚢を積む準備が始まっていた。宗助は土手に駆け上って川を眺め、思わず後ずさってしまった。強風に押されて飛ばされそうになったのと、荒れ狂う川の景観に圧倒されたのだった。水は土手の半ばまで来ていた。桑原は跡形もなく水没し、遙か対岸の小泉村の土手に至るまで、一面の水であった。そして本来の川筋のあたりに、白い牙を剝いた濁流が渦を巻き奔走していた。

(な、なんという恐ろしさだ。)

これは只事ではないという思いに、さっきまでの浮わついた気持は吹き飛んでしまった。

喜左衛門は、宗助を見かけると手招きした。引き締った表情、駿馬のような身のこなし、人々の間を敏捷に走り抜けて近寄ってくる。息子を自慢に思う父親の気持とは、こんな気分であろうかと、思わず微笑が湧いた。そして上流の秩父にいる息子喜一郎のことを思い出すのであった。

「これが私どもの娘聟の宗助でございます。どうぞお見知り置きください。力だけはございますので、ご存分にお使いなすってください。」

作事奉行配下の竹内八兵衛は、肥えた体に防水具をつけ、温和な顔を宗助に向けた。

「宗助と申します。」

膝をついて頭を下げた。

「ほう、よい聟殿ではないか。夕刻から夜までが勝負じゃ。存分に働いてくれい。」

「かしこまりました。」

と返事をして、すぐに土嚢運びに走った。喜左衛門がその後姿を、目を細めて見送っていた。

六つ半（午後七時頃）を過ぎると、水は土手の上から三尺にまで近づいていた。川筋から寄せてくる水は激しさを増し、時々ドーンという無気味な音を響かせた。雨足は一向に弱まらず、水嵩はいやが上にも増してくる。

「土手の上を水が越してきたら、もうおしめえだぞう！」

誰からともなく叫ぶ声が上がった。

（おしめえ……。）

宗助は事態の恐ろしさに茫然とした。

（俺の繭はどうなる。千勢は、家はどうなる。）

頭と胸が熱くなった。死にもの狂いで補強の杭を打ち込み、土嚢を積み上げた。むかしの流れを取り戻さんばかりの容赦ない攻撃に曝されて、切所は身悶えていた。暗闇と風雨の中、切所を守る人々の必死の闘いであった。

五つ（午後八時）を過ぎると土嚢は尽きた。水は土手の上から手が洗えるほどになっていた。今度大きな奔流が寄せてくれれば、水は土手を浸食するであろう。決壊を予告する半鐘が鳴った。

「全員、持場を離れ、切所から避難しろ！」

竹内の声が、風に吹きちぎられながら何度も耳に届いた。全員が左右に別れて危険な切所から逃げた。安全な所に逃れても人々は土手の上に残り、水面を凝視していた。

（久下ではなく、何処でもいい、他の土手が破れますように……。）

これがそこにいる久下村の人々の祈りであった。

（どうか、どうかお守りください。千勢や、繭や、津也、喜左衛門、家族と家をお守りください。）

気が遠くなるほどの長い緊張が、どのくらい続いたのであろうか。宗助は水面の流れが急に変わったような気がして、首を上げた。あたりにどよめきが起った。

「川向こうが切れたぞう！」

遠くで雷にも似た地響きがした。

「助かったぞっ。」

一人が叫ぶと、あちこちから

「助かったぞ、助かったぞっ。」

震える声がそれに答えた。獲物を得た大蛇は、川向こうの土手に向かって急速に遠ざかって行く。

「助かったぞう！」

宗助も川の流れを松明《たいまつ》で照らしながら叫び続けていた。

この年の水害は、対岸の小泉村をはじめ、村々で土手の決壊七ヶ所、死者三十七人を出すという未曽有の被害をもたらした。だがこの大洪水を逃れた瞬間、久下村の人々は、自分たちが助かったことの安堵に浸るばかりで、対岸の他村の被害について、思いを廻らすゆとりなど全くなかったのであった。

10

一夜明けると、突き抜けるような青空で、強い日差しが真夏かと思わせる陽気であった。吹き千切れた枝や、木の葉が湿った地面に打ち伏せられ、土手の向こうから大きな川鳴りが聞えた。近所の女たちの誰でも日銭を稼ぎたい者は、宗助宅にやって来て、蚕上《かいこあ》げを手伝った。赤く半透明に成熟した蚕を、平たい木鉢に集めては、藁で編んだ蔟《まぶし》の中に放つのだ。その蔟の中に蚕たちは銀鈴のような繭を結ぶ。成熟前に桑が不足すると蚕は完全な繭を作れず、死んでしまう。川向こうの村々はもちろん、新川河岸の江川村では、蚕はほとんど流されてしまった。久下村では土手の決壊はなかったものの、桑畑のほとんどが堤外にあったから、いま少しというところで桑不足となり、収穫はいつもの半分以下であった。宗助だけがこの秋の繭を存分に得ることができたのだった。価格が、どこまで釣り上がるであろうかと楽しい気分であった。猫の手も借りたい一日が終って、蚕はすべて蔟の中に納まった。日傭の人々に金を渡し、労をねぎらって帰してから夕食になったが、千勢はまだ起きて来なかった。津也も疲れ切った顔で無口であった。食事が済むと津也が、宗助を千勢の寝ている部屋へ呼んだ。千勢の顔色はよくなかったが、宗助の顔をみると少し笑みを浮かべた。

「全部終ったよ。安心しろ。家の繭は豊作だぞ。」

宗助は千勢の枕もと近くに、あぐらをかいて座った。

「よかった……。」

千勢はそうつぶやくと、いきなり大粒の涙をこぼした。元気な輝くばかりの笑顔を期待していた宗助は驚いて津也の方を見た。

「おっ母さん、千勢はどうしちゃったんだい。」

「お前たち、子供を流してしまったんだよ。せっかく神様が授けて下すった子供を、流してしまったんだよ。」

津也がくやしそうに言った。

「ええっ。子供を流した……。じゃあ、千勢、お前は、お前は……。」

千勢は悲しい目つきで宗助を見ると、再び涙を流し、夜具を被って泣くばかりだった。だが宗助には、それがなかなか実感できなかった。

「四年以上もかかって、やっと身籠ったというのに、二人とも気づかなかったんかい。」

津也のきつい口調は、ほとんど宗助一人に向けられていた。はっきりいうと、宗助は千勢と結婚して以来、子供のことは考えたことがなかった。季節ごとの養蚕と農事に打ち込み、拡張すること、収益を上げることの面白さに没入していたのだ。考えてみれば、一人や二人の子供が生まれているのが普通だろう。

「へえ……。」

宗助は津也に向かって頭を下げた。

「一体お前たちは何のために働いているんだ。ただ金を貯めるために働いているんじゃあるまい。」

津也の言葉に宗助はぎくりとした。

（一体俺はなぜ働いているのだ。藤岡の居候であった頃は、主《あるじ》の長蔵のために働いた。千勢と所帯を持った時、千勢のために働こう、働かずにはおくものかと思った。なのに千勢が暗い顔で泣き濡れている。これは一体どうしたことだ。どこかで間違ってしまったのだ。金を得ようという欲が先に立って、千勢の方に目が向かなくなっていたのだろうか。これはしくじったぞ。)

宗助ははじめて自分の失敗に気づかされた。

「おっ母さん、すいません。わしの心得違いでした。これからは絶対気いつけます。千勢も若いし丈夫なんですから、これからいくらでも産めると思うんで。」

「ちっともわかっちゃいないね。」

津也が強く遮った。

「千勢は秦家の娘なんだよ。何百年も続いた旧家では、そうそう子供は授からないんだよ。次から次へと子供を産めるようなら苦労はないよ。二度とこんなことがあったら、私が承知しないからね。」

津也は宗助を一喝すると部屋を出て行った。宗助は千勢のしのび泣きを聞きながら、腕を組み頭をたれ、いつまでも動かなかった。

三

(一)

11

土手に上ると、右手に秩父の連山、左手には冠雪の富士がくっきりと見える。空はどこまでも澄み渡り山々から冷気を孕《はら》んだ風が吹き降りて来る。秋から冬に入る季節であった。千勢は朝食の米を研ごうと思い、跳ね釣瓶の竿に手をかけた。そっと井戸の中を覗《のぞ》くと、未だほの暗さを残した井戸の底に、妖しく輝く瑠璃色の世界が見えた。その美しい鏡の中に、何かが映っているように思えてならない。竿を握ったまま、釣瓶を水中に沈めることもできず迷っていると、鏡は万華鏡のように動き出し、その奥にひそむ何物かがちらと見えた。と思うと、再び七色のきらめきの中に消えてしまう。耳を澄ますと、わあんと、反響した音が聞える。なんだろうか。千勢は更に井戸の中を覗いた。

（わあん。）

「私を呼んでいるのは誰……。」

千勢は小さい声で井戸の縁に頭を近づけて囁いた。目を閉じて井戸の底の声に耳を澄ますと、わあん、わああんという反響の向こうから、弱々しく泣く赤子の声がした。はっとして目を開き、井戸縁につかまって身を乗り出した。全身に汗が吹き出してきた。

「あっ、あれは、あれは……。」

虹色の光芒と音の中に吸い込まれて行きそうになった。

「おかみさん、どうかしなすったかね。」

玄次郎が真剣な面持で千勢を見つめていた。あまりの驚きに返事ができず、ただ荒い息をしながら玄次郎を見つめ返した。普段は話しかけてくることもない玄次郎であったが、

「あんまり井戸を覗くもんじゃねえです。井戸の中には魔物が住むって話だから。」

といって、井戸の中に釣瓶を降ろして水を汲み上げた。冷たい水のしぶきが散って千勢は正気にもどった。

「私は、ちょっとぼんやりしていたかい。ほんとに、この頃私はどうかしているよ。ありがとう、もう大丈夫だから。」

千勢はにっこり笑って、勢いよく米を研ぎはじめた。しゃっ、しゃっという米を研ぐ音をしばらく

聞いていたが、玄次郎は鍬《くわ》を肩にかついで屋敷内の小道を抜け、土手を越えて桑畑へ向かった。朝食前のひと働きである。夕暮が早くなった分、早朝の一仕事が必要なのであった。

今年も桑たちは良く働いてくれた。むしられても、切られても柔らかな緑の葉を惜しむことなく産み出し、果ては根元からバッサリと切り取られてしまう。今は無残な立ち枯れとなり切り株となっても、春になれば恐ろしいばかりの生命力で燃え上がり、畑一面が緑の洪水となるのだ。その株元に洪水が運んで来た美しい砂を、すくってはかけて愛おしみ冬を越させてやらなければならない。

玄次郎は思った。千勢を背負ってどしゃ降りの雨の中を走ったあの日のことは、決して忘れるものではない。千勢の重み、千勢の温かさをはっきりと覚えている。そして自分のこの血で汚れた両の手に、大粒の雨粒が降り注ぎ、またたく間に罪を清めてくれた。あの日以来、俺は甦ったと信じている。この秦家こそ、俺の贖罪の場だ。未だ生きてよいと、天が許してくれたのだと思う。

「だが……。」

玄次郎は腰を伸ばして秦家の方角に目をやり今朝の千勢の顔を思い浮かべて眉をひそめた。今朝がはじめてではなかった。千勢は毎朝のように井戸の中を覗きこんでは、放心しているのだ。今朝は特によくなかったと思う。

玄次郎が寝起きする木小屋の戸は東向きで、井戸端のそばに面していた。細い割れ目があって、朝日が差すと、一条の光が眠っている玄次郎の顔を射る。その光の中に、放心している千勢の姿を見かけた。玄次郎はその千勢を見て、自分が生死をさ迷っていた時、生命の水を恵んでくれた観音の姿こそが千勢であったのだと悟った。命の恩人である千勢の苦しみを肩代りすることはできないだろうか。

「俺に何ができる。一体俺に何ができるというのだ。」

玄次郎は手に持った鍬を地面に叩き込みながら声に出した。切なさに胸が痛んだ。

12

大洪水は対岸の村々に多くの被害をもたらしたが、宗助の思わく通り、繭は高値で取り引きされた。特に宗助の良質の繭は、引く手あまたであった。五両三分が手に入った。千勢や津也とともに始めた小規模な養蚕から、わずか四年ほどでここまで来たのだった。

「だが、これ以上の拡張は無理だ。考え方を変えてゆかなければならない。」

宗助が学んだ藤岡方式は、この久下村では当てはまらないのだ。拡張すればするほど、低賃金で働く女衆や男衆が必要であるが、久下ではそれが出来ない。新川河岸には常に人足が働ける荷役《にやく》の仕事があったから、わずかな養蚕、わずかな商いの合い間、その気になればいくらでも日銭が稼げる。山村のように、山主の下で働き、食わせ、住まわせてもらう代償に、一家をあげて働きまくり忠誠を尽すといった発想は、この村にはない。宗助と千勢、津也の家族と玄次郎だけしか頼りにならない。津也だってもう若くはない。おさんやその夫文太など、特に忙しい時は手助けに来てくれるが、彼等には彼等の所帯があり、夜中まで気配りのいる養蚕では、結局家族の女手が重要なのであった。

それに津也の言うように、千勢は四年間も身籠ることがなかった。藤岡で宗助が知っていた男衆の女房たちは、次から次へと子供を産んでいた。一人や二人口減らしに死んでくれないかねえ、などと冗談ともいえない恐ろしいことを口にしても、誰も気にとめさえしなかった。千勢は流産してこの方、元気がなかった。色白ですらりとした肢体と、華やかな丸顔が若々しく、軽い身のこなしが魅力的だった。その千勢が、朝は特に辛い様子で、身仕舞している途中で手を止め、空ろな目で鏡の中を見入っていたりする。早朝目が覚めてみると、眠っている千勢の青ざめた頬に涙が流れていることもあった。抱き寄せると大きな目を開いて、にっこりと笑うのだが、いかにも淋しそうな感じがした。子供の頃から明るく元気で丈夫な体に恵まれていると思っていたが、やはり慣れない労働はきつかったのであろう。自分のように幼い頃から家を失い、縁者とはいえ、他人の家で育ち、働きぬいてきた者とは違って、感じやすく傷つきやすい内面を持っているのだと、宗助は思い至るのであった。

13

赤城おろしが冷たく感じられる頃となった。蚕道具の手入れも済み、喜左衛門宅の穀蔵に、小作人たちが納める米俵が並ぶと、年の暮の準備が始まる。零細な商家や農家が多い久下村の人々は、冬の間に、さまざまな副業をした。蒟蒻《こんにゃく》を造る家、熊谷宿の八日町、十日町の市で売る羽子板や追羽根を作る家、近在の観音様や神社などの絵馬描きをする家、寒鮒漁をする者などであった。そうした家々では、この秋の作物や繭の収穫が不作であったため、副業のための資金に悩んでいた。彼らは運よく小金を得た宗助に目をつけ、気軽に借金を頼みこんできた。

「酉《とり》の市がおわれば、必ず返せるから、ちょっとばかり貸してくんねえかい。」

と茶飲みに来たついでに言うのだった。山の生活では考えられないことであった。病気や事故などでやむなく借金をしても、返済するあてなど、全くない生活であった。だが久下村では、ちょっとした副業ですぐに返済することができるのだ。一人に用立てると、他にも三人ほどが借りに来て、合わせて二両二分を貸した。馴れた書式で証文を書き、利子は普通で月に二分五厘だという。

「近所づき合いで貸すんだから、月利は二分でいいよ。」

自分だけ懐を肥やしているからというつもりでもないが、宗助は軽くそれに応じた。皆は上機嫌であったが、果たしてどうなるものか宗助には自信がなかったが、意外にも三ヶ月後には全員が利子を添えて全額を返済してくれた。わずかとはいえ、金が金を産む手品に驚かされた。そして、この不思議な手品の中に、自分が開けなければならない鍵が隠されているのではあるまいか、と思うのであった。

14

年が明けて天気の良い朝であった。宗助が土間で藁仕事をしていると、珍しく玄次郎が入ってきた。大きな体を前かがみに縮め、厳《いか》つい顔でおずおずと入って来ると、そのままそこに立って、宗助が縄を編むのを黙って見ている。

「どうしたい。お父っつあんの植木の手入れをしていたんじゃねえのか。」

話しかけられるまでは黙っているのが玄次郎流なのであった。

「へえ、暇をもらって来ましたんで。」

「ほう、またどうしてだい。」

「旦那、あっしに半日だけ荷車を貸してもらいてえんですがね……。」

「いいとも、いくらでも使ってくんな。だが一体、何をしようってんだ。」

宗助が顔をあげると、不器用に目をそらした。

「新川河岸で買って来てえものがあるんで。」

「ほう、大した買いもんだなあ、荷車がいるとはさあ。」

玄次郎は宗助の挑発を無視して黙ってうつむいている。

「いいだろう、俺も手伝うよ。お前《めえ》は河岸で人足していたっていうなあ。河岸を案内してくんねえかい。俺は一度行ってみたかったんだよ。」

宗助が藁くずを払って立ち上がると、玄次郎は荷車を出しに走って行った。宗助は縞木綿の袷に対の羽織を着て脚絆に草履ばきで荷車の前を歩いた。

久下村では江戸方面に向かって歩くことを下《くだ》るという。新川河岸へ行くには中山道を下って、村の外れまで行く。すると土手を斜めに切り裂いた幅広い坂道に行き当たる。大八車がすれ違うことが出来るほどのその坂を、威勢のよい若い者が車に木材や日用雑貨、調味料、衣類などを満載して行き来している。風が吹く度に土埃が舞って視界を遮る。宗助は袖の埃を払いながら、

「大《てえ》したにぎわいじゃねえかい。」

と声に出した。

「へえ、河岸にゃあ、あっし等のような食い詰め人足がいっぺえいて、柄が悪《わり》いです。」

「だが、役人の目が厳しいから、そうそうわるさはできねえだろう。」

「へえ、そらあ、そうですがね。」

土手を反対側へ下ると一面の桑畑であった。

「こいつあ、すげえや！」

江川村の養蚕は、久下村のそれとは規模が違うのだと思えた。土手の外にある江川村の養蚕は、洪水で川が増水すれば、ほとんどが流されてしまう。だが決して懲りることなく、秋がだめなら春夏の収穫に期待して、この村を去る者はいないのだ。

玄次郎の引く荷車は、畑の中には不似合な幅広い道を通って江川村の入口に至った。右手に行くと墓地がありまた神社がある。左手へ行くと河岸があり、白い帆を連ねて大きな船がいくつも着岸している。その間を縫うように小舟が忙しく動き廻っている。大きな船には幅広の板がさしかけられ、人足たちが板を踏みならしながら荷の上げ降ろしに働いている。川原では筏師《いかだし》たちが江戸へ運ぶ木材を筏に組んでいる。手拭の頬かむりは吹きつける寒風を凌ぐためであろう。

「左へ行くと、油屋、塩屋、足袋屋なんぞの問屋があります。あっしは右へ行きますんで、半時もしたら、ここで待っておりやすから。」

玄次郎は車の音をからからと鳴らしながら墓地の方へ向かった。

河岸沿いに並ぶ家々は、どの家も石垣に囲まれ、盛り土の上に建てられ、見事な屋敷森を背負っていた。母屋には多分広い土間があるのだろう。土蔵や倉庫らしい建物がどの家にもついている。突然、塩屋の店から、荷を積んだ車が、男たちの大声とともに飛び出してきて、宗助にぶつかりそうになった。

「ぼやぼやしてんじゃねえや、このやろう。」

「どこを見てやがんだ、間抜けえ。」

口ぎたなく罵られて宗助は苦笑した。その一方、板囲いで屋根に石を乗せただけの貧しい小屋や、増水があればたちまち流れてしまうであろうと思われる小さい家もたくさんあって、貧富の差の激しさがしのばれた。屋並みの中ほどに河岸に出る正式な入口があり、忍藩の役人の姿が見える。大きな回船問屋が御用達とみえて、紋入りの高張提灯を揚げている。その中でも宗助の目を引きつけたのは蔵を従えた質屋であった。両替や金貸しも兼ねているらしい。石段を上って様子をうかがってみると、広い構えの間口があり、庭木がきれいに整えられている。しかし出入り口は小さな千本格子の潜り戸で、身を二つに折らなければ出入りはできないであろう。中は暗くてほとんど見えない。帳場らしいものでも見えるかと思ったが、細かな千本格子戸は、中から外は良く見えるが、外から中はほとんど見えないのだった。

(やっぱりここはすごい場所だ。これだけの船、人足、問屋、養蚕家、漁業者がいて、活発な経済が息づいている。両替商、金貸し、質屋が繁盛するだろうよ。)

宗助は感心し、また圧倒された。そこにうごめく貨幣経済の巨大な力こそ、川の神のもたらす最大の恵みであろうと思うのであった。

15

待ち合わせ場所にもどってみると、辻の端に車を寄せ、陰気な顔で立っている玄次郎の姿があった。車には菰《こも》に包まれた四角い大きな荷が積まれ、厳重に縄がかけられている。

「いってえ、それあ何だ。」

「これゃあ、石ですがね。」

宗助が怪訝な面持でたずねた。

恥ずかしそうに、玄次郎は菰を押えながら言った。

「何にするんだ。」

「あっしゃあ、もう二度と石鑿は握るまいと思っていやした。でも気が変わってきたっつうか、いいえ、どうでも彫らなくちゃあなんねえ気がしてきたんですよ。」

いつになく、宗助の顔を見ながら言った。

「旦那、お願えです。夜なべだけ彫らせてもらえねえだろうか。許してやって下せえ。」

宗助は、重そうな荷と玄次郎の顔を見比べながら言った。

「そりゃあ、お前の好きで良いよ。うちじゃお前に駄賃ぐれえの金しか出してねえんだ。しかし、俺にはよくわからねえが、こんなでけえ石だもの、値が張るんだろう。三尺四方はあるだんべえ。」

「おかみさんや、大旦那さんに頂戴したもんが貯めてあったんで、どうにか……。このあたりじゃあ、石の値が嘘のように高いんで驚いちまいました。それに、そこの寺や九頭竜様の彫物もよくねえです。どれもこれも泥人形みてえで、気に入らねえ。」

宗助は、いつになく口数の多い玄次郎の話振りに、笑いが込み上げるのだった。そういえば玄次郎は、秩父では腕の良い石職人として知られていたという話を思い出した。

「大旦那にも言っておくから安心しな。じゃあ行くとするか。やけに重たそうじゃねえか。行きはよいよい、帰りは怖いってなあ、ハッハッハ。」

一人は車を引き、一人は押して江川村を後にした。石工であった男と、山で大木を自在に操ってきた男にとっては、さして難儀な仕事ではなかった。土手の坂を上りつめて一息入れた。もう一度河岸の村を眺めた。対岸にある天水《てんずい》まで、渡し舟が行き来している。川のあちこちに漁をする舟が出ている。

「ありゃあ、何を捕っているんだい。」

「寒蜆《しじみ》でさあ。今時の蜆は特に薬になるってこってすよ。」

「そうか。千勢に食わせてやらなくちゃなんねえなあ。川漁師の忠太郎さんに届けるように言っといてくれ。さあ、行くべえかあ。」

「へえ。」

玄次郎は身を反らせ、足を踏んばり、車の暴走を抑える身構えになって坂を下り始めた。宗助は後ろから車体を引き上げるように支えた。それでも荷車は、柄の悪い人足たちそこのけに加速し、土埃とともに坂の下までつっ走って行った。

中山道に出ると昼近くになった。宗助は無口になって車を押していた。玄次郎は不思議に思う。

(自分と宗助はあまり年に違いがない。俺の方がわずかに上なだけだ。そして二人とも器量を見込まれて聟に入った。俺だって幸運を授かっていたのだ。だが、今の二人の違いようは一体なんだ。宗助の、のびのびとした人柄、すっきりと伸びた体に筋肉の鎧《よろい》をまとった見事な男っぷり。人懐っこく、堂々としていて明るい。幼い頃から恵まれずに育ったという点では俺と同様だが、なにがこうも違ってしまう原因になるのだろうか。俺のいじけた暗い性格がすべての災いの源となるのであろうか。)

玄次郎はうつ向いて、ひたすら荷を引いた。二人は無言で車のきしむ音を聞きながら歩いた。

養蚕のために増築された粗末な建物の一隅を、古い雨戸や蚕道具で囲い、そこが石工玄次郎の仕事場であった。既に道具は念入りに研ぎ澄まされていた。妻のひさを貫いた鑿も念入りに研いだ。石は厚さ二尺、縦横三尺の凝灰岩である。粒子は細かく、質は柔らかく、色は明るい灰白色である。夜な夜な玄次郎はそこに籠り、コッ、コッと石を打つひそやかな音が、時には夜更けまで続くこともあった。一撃ごとに石は姿を変え、玄次郎の心を揺さぶった。

（ひさ、ひさ。）

心の中で、封印していた妻の名を呼んだ。

（俺はお前を、淫らな女と呼んで憎み続けてきた。だが今思えば、俺こそが猥らな男だったのだ。ひさは俺を求めた。愛してくれる者、子を養う力のある者、敵から守ってくれる頼り甲斐のある者として俺を求めてくれた。俺もひさを求めた。だが俺は肉欲としてのひさばかりを求めたのではないだろうか。母屋に移り、師匠と同じ屋根の下で暮らすようになると、俺は怖じ気づいてお前を抱くことができなくなってしまった。お前の肉体に溺れ、淫靡に耽る自分に罪悪感があったからだ。お前は明るく開放的で、女としての本能に忠実だった。俺はいじけた、さもしい性《さが》に生まれついているのだ。俺への軽蔑が募るのも無理はない。それに気づかぬふりをして俺はお前を苦しめた。そして、あの地獄のような日が来たのだ。ひさ、ひさ、かわいい女だったひさ、卑屈な俺を許してくれ、俺が石鑿を持つことを許してくれ。）

玄次郎の懺悔はいく夜となく続くのであった。

玄次郎の情念と祈りと精魂を尽くした鑿によって、石は次第に姿を変えていった。そしてついに、赤子を抱く女人の像が石の中から現われてきた。細っそりとした体に豊かな乳房を露にし、抱きあげた赤子の口に今まさに乳を含ませようとする女人の姿であった。薄い衣の下に透けて見える肢体は、いつの間にか妻ひさに似ていた。やや俯いて乳を授けるその横顔も、ひさに似てくるのだった。手間暇を惜しまぬ入念なたたきを、玄次郎は愛おしみながら飽くことなく続けた。

16

うっすらと目覚めかけていた。千勢は眼尻に溜った涙を指先でそっと拭い、隣で寝ている宗助をうかがった。端正な横顔を見せてしっかりと目を閉じて深く眠っている。

（なぜ私は、訳もなく泣いたりするのだろうか。父母は元気だし、宗助はやさしい。山へ行った兄もすっかり元気になったという。私だけがいつまでもぐずぐずとはっきりしない。もうすぐ三月だ。桜の花も咲く。桑も固い芽をふくらませているだろう。宗助は張り切って養蚕に励むだろう。元気にならなければならない。働かなければならない。）

　だがいくら自分を鼓舞してみても、体が重く起きあがることができない。昨年の秋、流産してこの方、体調を崩した。母や宗助がなにかと気をつかって食べ物に気を配り、川魚、蜆、卵や鳥肉などを用意してくれる。食べれば食べられるのだが、なぜか旨いという感じがしない。小さな川魚でも生卵でも、美味を感じていた頃が懐かしい。そのせいか、いくら食べても滋養は身を素通りしてしまうのであろうか、千勢の体はやせてゆくばかりであった。華やかな丸顔が淋しそうになり、ふくよかだった体の線も消えていた。

（玄次郎が石を刻む音が、この頃は聞えなくなった。早朝でもコッコッと遠くから響いていたのだが……。淋しいような、悲しいような、ささやくようなあの音。あの世から聞えてくるようだ。親より先に死んだ子供は、後から来る父母のために、賽の河原で石を積み供養塔を造るのだという。すると鬼が来てそれを壊すのだという。恐ろしいことだ。私の子はどうしているんだろう……。）

　体中が、かあっと熱くなり興奮を覚え、千勢はがばっとはね起きた。首やこめかみが汗ばみ、胸が苦しかった。

（もう、もう、いい加減にしろっ。）

　自分で自分を一喝して、負けるもんか、負けるもんかと思いながら震える指で寝衣を脱ぎ捨てた。

重い体をひきずって外へ出た。時間を間違えたのかまだ未明だった。六つ（午前六時）には一時もあるであろうか。だが東の空はかすかに明るんで夜明けの兆しがそこここに漂っている。井戸で水を汲み、朝食の米を研がなければならない。水を汲もうと竿に手をかけて思わず手を止めた。あたりに不思議な気配を感じた。

（誰かいるような……。誰かに見られているような……。）

どこからか千勢に呼びかける声がした。

（こちらへおいでなさい。私があなたをお守りいたしましょう。心配なさいますな、心配なさいますな。あなたのお子はこれ、ここに。）

千勢は吸い寄せられるように宙を踏んで歩いた。井戸の向かいの築山の松の木の根元に、ほのかに白い光が見えた。

（私を守って下さる……。）

（そうです。人はそんなに強くはないのです。悲しい時は泣きなされ、そして祈りなされ。）

千勢は言われるままに、光の前に跪き、目を閉じて手を合わせた。気持が良かった。心が和らぎ、肩の力が抜け、溶けてしまいそうな安らぎが千勢をつつんだ。

（南無観世音菩薩、南無観世音菩薩）

信仰心とは縁のない千勢であったが、自然と口をついて出た祈りの言葉であった。そのまま時が止まってしまったかと思われる静寂であった。目蓋の奥に宿った光が次第に大きく広がってあたりを照らし出した。目を開いて見ると、千勢の目の前に赤子を抱く女人の座像があるのだった。朝の光とともにその像はくっきりと姿を現わしてきた。首をややかしげ慈愛に満ちたしぐさで赤子に乳房を差し出す観音の姿であった。赤子は小さな口を半開きにし、乳を吸う喜びを体中で表現している。

（こ、これは、夢なのか、現実《うつつ》なのか……。）

ますます光芒を増してゆく母子観音の姿を千勢は時を忘れて凝視し、祈りつづけていた。

朝食が済むと喜左衛門も杖をつきながら津也とともに観音像を見に出て来た。宗助が不思議そうな面持で、顎に手をあてながら観音を見つめていた。

「おや、これは。」

津也がひそめた声でつぶやいた。

「子育て観音じゃあないか。このあたりには見かけないが、秩父の有名な寺にあるという話ですよ。子を守り育ててくれる観音様で、地元の女たちが厚く信仰しているそうです。それにしてもこれはまた、なんてきれいなんだろうねえ。お乳のような色をしている。」

「これは大したものだ。」

喜左衛門もその像に感銘を受けたのか声が上擦っていた。

「石で造られているというのに、この柔らかい半透明な質感は素晴らしい。西洋ではこういった像は大理石で造られているそうだが、おそらく、もっとつるつるして固い感じだろう。」

「まるで観音様の内側から光が溢れ出てきているような気がします。」

宗助も感心している様子だった。

「うちの前の地蔵堂にある地蔵様とはどこかちがって見えますねえ。」

「石材も違うかも知れないが、なんといっても彫る技が違う。慈悲の心とはこうもあろうかと、人に納得させる力がある。彫った人の技を感じる前に、観音の慈愛が人の心に伝わってくる。うちの前の地蔵様たちは、あれはあれで良いのだが、供養のための心の徴でしかない。」

「しかし、仏様ともあろうお方が、こんなに胸をはだけていて良いもんですかねえ。」

宗助の質問に喜左衛門は笑いながら答えた。

「大昔の西洋じゃあ、神様の像は一糸まとわぬ裸体だというぞ。男の神様も女の神様も堂々とした立派な裸体を持っているそうだ。裸体を恥じるとは、そこが人間の卑しいところだ。」

津也が割って入った。

「胸をはだけたくてはだけているんじゃないですよ。赤ん坊に乳を授けて下さっているんじゃありませんか。男には解りますまいが、女たちには男の知らない苦しみがあるんです。子を産むのは女ですからね。女が子を産まなかったら、人間は滅びてしまうんですよ。でもそれは、女にとっちゃとても辛いことなんです。三年子なきは去るって言うでしょう。子供に関わることは、なんでも女の責任にされてしまう。大勢産めば産み過ぎる、一人も産まなければ、石女《うまずめ》だあ、すべて女の肩にかかる重圧《おもし》なんですよ。男はその女たちの苦しみが解っちゃいない。だから女たちは、こうした仏様を信仰し、助けを求めなければ生きていけないいんじゃありませんか。」

津也の雄弁に、二人の男は何の反論もできなかった。

そこへのっそりと玄次郎が現われた。観音に見惚れていた三人は、そろって玄次郎をふり向いたが、相変らず陰気な表情で、いつもと少しの違いもみえなかった。

「お前はこういう仕事のできる奴だったんだなあ。」

喜左衛門に言われて、申し訳なさそうに背を丸めた。

「千勢はどうした。千勢に見せてやったか。」

「今朝早く井戸に来て、この仏を見たようです。小さな椿が供えてありました。」

と言って赤い一輪の椿を指差した。

「そうか……。」

「それから私と飯を食いました。いつもより良く食ったようでした。しばらくすると甘い物が食べたいと言いますんで、私が籾殻《もみがら》の中からさつま芋を出していたら、おさんが来ましたんで、蒸し芋を作るように言いつけました。おさんの話では、その芋を三本も食って、また寝てしまったそうですよ。今も眠っているようです。」

「不思議な話だなあ……。」

喜左衛門の目にも、千勢の食の細さが心配なこの頃であった。

「それは良いことだ。ええ、それは良いことですよ。」

津也がはしゃいだ声で叫んだ。

「目尻《まなじり》を決して踏ん張っている千勢を見るのは本当に辛かったよ。でも、もう大丈夫だ。」

津也を残して三人の男たちは散って行った。

一人は母屋へ、若い二人の男は肩をならべて桑畑の手入れに向かった。宗助が言った。

「玄次郎、お前《めえ》あ、ただの無愛想な変屈男じゃあねえんだなあ。」

その言葉には賞讃と幾分かの尊敬が込められていた。

「いいやあ、あっしはただの薄ぎたねえ男ですがね。」

「そうさなあ。男って奴はみんな薄ぎたねえ生きものなのかも知れねえなあ。」

「へえ。」

玄次郎は背を丸めてのそのそと歩いていた。

17

千勢はみるみる元気を取り戻していった。七日ばかりは、さつま芋を食べては眠っていたが、次第に体はふっくらとして、頬にも赤味が差してきた。失われていた精神と体の均衡が整ってきたのだった。胎児を失って失速した肉体が、その怒りに精神を苛んだ。いくら負けまいと思っても、力めば力むほど泥沼に落ちていった。千勢は、人間の力の決して及ばない何ものかに、人が支配されていることを知った。

その年、川は嘘のように静かであった。繭は豊作続きであった。宗助は千勢の体を思いやって、蚕の量を減らしていた。もう繭の収入だけに頼るつもりはなかった。久下村の人々は宗助が低利で金を用立ててくれることを便利にするようになっていた。零細な金額であったが、村内の知った顔の人への信用貸しに限った。宗助と千勢の住居には、ちょくちょく人が訪れるようになった。金を借りたい人ばかりではなかった。千勢の病を癒してくれた子育て観音を、一目拝ませてくれという女たちも訪ねて来た。そこで千勢は大工に頼んで小さな白木のお堂を造ってもらい、紫の幕を飾り、中央を紐で結んだ。観音をその小さなお堂に納めて、秦家の真向かいの路地奥にある、地蔵堂に安置した。その評判が広がって、花や、赤いよだれかけ、線香、お賽銭までが供えられるようになった。千勢はそれを見るにつけても、自分だけではなく、女ゆえの苦悩を抱えた女人が、いかに多くいるものかと知った。自分を律しきれない者を弱虫、いくじなしと切り捨てていた自分の思い上がりが恥ずかしかった。

そしてまた、石工玄次郎にも転機が訪れていた。失った我が子のために、死んで生まれた我が子の供養にと、あるいは一日も早く子が授かりますようにと願かけのために、玄次郎に地蔵を彫って欲しいと頼む女たちがいたのだった。宗助が石を買い、玄次郎が彫った。粗末な泥岩を使い、安価であったが、仕事は丁寧で美しい仕上がりであった。丸々と愛くるしい地蔵はさまざまな願いを込められて、地蔵堂に奉納された。

こうしていつの間にか宗助は養蚕の他にも石屋と金貸しとを兼業していた。特に石屋の発展は目覚ましく、玄次郎の彫る地蔵は隣村の人々にも評判であった。一つ一つに個性のある愛らしさ、やさしさが込められていて、注文主はそれを喜んだ。玄次郎は相変らず何を考えているのかわからないところもあったが、注文があれば丁寧にこなしていった。大きな注文も来るようになっていた。翌年には新川河岸の保全寺に、無縁仏供養観世音菩薩像を納めた。左手に未開敷《みかいふ》蓮華を持ち、右手に薬壺を持つ気品ある姿に、石とは思えぬ畏敬を感じて、宗助は玄次郎の並々でない力量を知った。台座も含めて四尺ほどの像であったが、石材から運搬、納入、開眼供養と、玄次郎に教えてもらいながら、石像製作者らしい仕事も覚えて行き、いつの間にか「石屋《いしゃ》んちの宗助さん」と呼ばれていた。

千勢は、津也とともに養蚕に精を出す一方で、宗助の金貸しの手伝いもした。算盤が上手なうえに文字が美しかったので、歩合の計算や書類作りには堪能であった。幼い頃から父に教えてもらった算盤であったが、こうして役立つ日が来るとは思ってもみなかったのだが、宗助の役に立っていると思うとうれしかった。資金が増えるにつれて、貸し出す金額も増え、日歩、月歩、年歩の収益が目に見えるのは面白いものであった。金融業の大切さも肌で感じられた。宗助、千勢、玄次郎の三人は、力を合わせて車輪を廻し始めたのであった。

18

明くる年、天保八年（一八三七）の早春のことであった。東竹院の順忍和尚に呼ばれて出掛けて行った喜左衛門が帰宅してから間もなく、津也が宗助を呼びに来た。宗助は千勢と算盤を合わせているところであった。二人そろって喜左衛門の書斎に顔を出すと、着替えをしたばかりらしく、薄い綿入《わたいれ》の羽織を着て茶を飲んでいた。津也が二人にも茶をいれてくれた。

「実は今日、順忍和尚に呼ばれてなあ、思わぬ相談を受けたんだよ。忍城主松平様が、東竹院に石の観音像を奉納して下さるという話だった。順忍様の采配にお任せするとおっしゃったとのことであった。それでだが、順忍様がおっしゃるには、お前と玄次郎に造らせてはどうだろうか、とのお話だったのだ。」

「私と玄次郎にですか。」

宗助が驚いて大きな声で言った。忍城主松平様という名を口にすることさえ憚られる、遠い遠いお方だと思っていた。役人といえば、喜左衛門を通じて、村廻りの役人や、水防役の下級役人二、三人に目通りさせてもらったくらいであった。急に鼓動が高まってきた。

「で、それはどういった観音なんですか。」

「魚籃《ぎょらん》観音という話だ。」

宗助は、魚籃観音など、見たことも聞いたこともないのだった。

「私と玄次郎でやれるでしょうか。松平様のご用が務まるでしょうか。」

顔が紅潮し、武者振いであろうか、指先がわなないた。

「さあなあ。しかし順忍様も、保全寺に納めた観音像をご覧になっておられるとのことだし、玄次郎の腕前を気に入って下さっての上での話だと思うよ。玄次郎はその気になれば良い仕事の出来る男だ。お前が人付きの悪い玄次郎を補って、二人で力を合わせてやる気があれば出来ると私は思う。だが、責任ある大仕事だ。二人でよく考えてから返事をすることだな。」

「私は、私はさせてもらいてえです。」

宗助が身を乗り出して喜左衛門に近づいた。

「久下の寺です。久下の者《もん》の手で造りあげずにはいられねえです。」

「そうだな、川に喜び川に苦しむ久下村の人々や、近隣の村々に住む人々の祈りだ。それだけじゃあない。川に住む鮎や蜆、鰻、あらゆる川の恵みへの感謝と供養のためだからなあ。」

「私も、そう思います。そういった観音の姿を私は知らねえですが、玄次郎とあちこち見て廻り勉強します。そして、飛びっきりの石を用意して、玄次郎に腕を振ってもらいます。」

家に帰ってからも、宗助の動悸は静まらなかった。見えない力が後押ししてくれているのを感じ気が高ぶった。

「千勢、どう思う。」

「玄さんの腕ならきっと出来るでしょうよ。玄さんさえ承知すれば……。あれであの人は、感じやすいところがあるから、あんたみたいに、あっさりその気になるとは思えませんがね。重圧には強くないでしょうよ。あんたがよっぽど支えてやらなけりゃなんないでしょう。」

「もちろん支えるとも。」

千勢はふふっと笑った。

「本当にあんたは気楽な人だよ。玄さんにしてみれば、これは首が懸かった大仕事だよ。」

千勢が玄次郎の仕事場に向かうと、石鑿の音が戸囲いの奥から響いていた。

「玄さん、玄さん。」

千勢のよく通る声が、がらんとした蚕屋の空気を震わせた。囲いの雨戸が開いて玄次郎が背をかがめて出て来た。

「うちの人がね、あんたに話があるそうだから、来ておくれ。」

「へえ。」

流産から四年近くもたち、すっかり元気になった千勢を眩しそうに見て、目をそらした。

「こんな狭い所で根《こん》を詰めた仕事は体に悪いだろう。もっと明るくて広い仕事場にしなくちゃねえ。」

「いいええ、あっしにゃあ、こういう狭い所が一番仕事しやすいんでさあ……。」

千勢の後ろからのっそりと入ってきた玄次郎の顔を見て、宗助がはしゃいだ声で手招きした。

「早く、こっちへ入ってくれ。千勢、お茶だ。」

玄次郎は何事かと臆病な目つきで怪しむように宗助をうかがった。

「まあ、上へあがんなよう。落着いて話すべえじゃねえか。」

玄次郎は言われるままに、板の間に畏まった。

「膝をくずさねえかい、楽に話そうぜ。」

宗助の満面の笑顔に、玄次郎はますます警戒を募らせたようだった。

「実はなあ。お父っつあんから今さっき聞いたばかりの話だがな……。」

と、言葉を切ってから、後は一気に話し出した。

「忍のお殿様が、東竹院に観音様を奉納なさるんだという話だ。魚籃観音像だとよう。和尚様が俺とお前と二人で造ってみねえかとおっしゃったそうだ。どうだい、驚くじゃねえか。俺たちに造らせてもらえるかも知れねえんだぞう。やらせてもらおうじゃねえか。俺たち二人で造ろうじゃねえか。石は俺が用意する。お前の望み通りの、飛びっきりの石にしよう。お前が彫るんだ。面倒なことは全部俺が引き受けるからさあ。すごいことになったじゃねえか。地蔵堂や、そのあたりの寺に納める供養仏とは訳が違うぜ。東竹院の境内に松平様が建立なさろうというんだぞ。」

顔を紅潮させて迫ってくる宗助に気圧されて、玄次郎は身を引いて黙っている。

「やってみようじゃねえか。なあ玄次郎よう。」

まるで少年のような口振りで宗助が玄次郎の膝を揺さぶった。

「まあ、まあ。もうちょっと落ち着いて下さいなあ。玄さんは、たったの今、聞いたばかりなんだもの。こんな話においそれと返事はできないのがあたり前でしょう。彫るのは玄さんなんだし、一度進んだら後へは退けない大仕事なんだから。」

「後へなんぞ退くもんかい。なあ玄さんよう。」

畳みかけてくる宗助の顔をじっと見つめたまま、玄次郎はなにも答えなかった。一途な想いに顔を輝かせている宗助を、うらやましくも妬ましくも感じた。物事を明るい方へ考える宗助にくらべ、自分は暗い方向への思いにばかり捕らわれているのだと思った。

「わ、わしが彫るんですかい。」

「決まってらあな。お前のその腕前を思いっきり振ってくれよ。順忍様が、お前がただ者じゃあねえって認めてくんなすったんだからさあ。」

玄次郎は目をそらして考え込んでいたが、受けるとも、断るともはっきりしたことは言わずに、いつの間にか自分の仕事場へ帰ってしまった。

「ほんとうに煮え切らねえ奴だよ。」

宗助は舌うちをしてつぶやいたが、さして気にしている様子もなく、今後の心積もりを書き出すつもりらしく、紙と筆を拡げ始めた。千勢は二人の男の間に挟まれて気苦労が多いに違いないと思った。宗助の望みは叶えてやりたいし、千勢自身も石屋としての稼業を始めたからには、この上ない名誉な話だと思う。その一方で、玄次郎の職人気質で気難しい性格が、こうしたきらびやかな仕事に、素直に応じてくれるだろうかと案じてしまうのだった。

19

それから宗助と玄次郎は暇をみては、海や川沿いの村にある魚籃観音像を訪ねて廻った。ある観音は、魚籃を左手にかけ、右手で与願《よがん》の印を結んでいた。また大魚の背に乗っている姿もあった。宗助はその大きさ、石の質、価格などを玄次郎と話し合った。玄次郎はどの像を観ても、これという反応は示さなかった。

「なあ玄次郎、どんな像にするか思案は出来たかい。」

業を煮やしてきいてみても、聞えぬふりをして返事もしない玄次郎に、宗助は扱いにくい奴だと腹が立ってくるのであった。

夏の終りになって石材が持ち込まれた。新川河岸の石材屋が、江戸から取り寄せた岡崎産の白御影石であった。玄次郎には迷いがあった。彫りたい気持と彫りたくない気持が混じり合いせめぎ合って、どうにも気持が定まらず、石に立ち向かう力に集中できなかった。宗助に引きずり込まれた観音造りであったが、玄次郎にとっても熱くなれる仕事であるには間違いなかった。事実、観音を造ると聞いた瞬間、心の中に彷彿と一つの像が浮かび上がってきたのだった。あの日、自分がのたれ死にしかけていた時に、清らかな泉の水を水瓶に汲み、命の水を口の中に注いでくれた観音の姿であった。そしてその姿は千勢であった。それは玄次郎の秘密であった。誰も知らない秘密であった。像を刻めばそれが白日のもとにさらされるであろう。まして松平様の御用などという恐ろしい仕事に関わるのであればなおのことだ。だが美しい白御影を見ていると、その像を、この白亜の石の中からこの腕で彫り出してみたい欲望にもかられてしまう。

宗助にせかされて墨つけをし、形が決まったのは秋になってからであった。観音は来春までに仕上げなければならなかった。順忍和尚によって経文が唱えられ、石に祈りが込められていた。さあ、あとは玄次郎が彫るばかりだという所まで来たのであったが、玄次郎の鑿は動き出してくれなかった。夜になると暗い川原へ出て行き、何をしているのか朝まで帰って来ないこともあった。日中は仕事場に籠り、姿を見せない。宗助のいらいらは次第に増してゆくようであった。一人悶々として不機嫌な玄次郎に対して、宗助の我慢が切れそうになっていた。

「あの野郎、思案に余って川へ飛び込んで死ぬ気にでもなっているのか。そんな事あ、絶対に許さねえ。」

不安を玄次郎への怒りに転嫁してゆく宗助を千勢がなだめた。

「もうちょっと、待ってやってくださいよ。そりゃあ、あんたの不安や心配は良くわかるけど、きっと玄さんはやってくれますよ。信じてやってください。その時が来ればきっとやり遂げる人ですから。造らせる者は、造る者の苦しみを一番解ってやらなくちゃいけないと思いますよ。」

秋は、あっという間に深まって行った。夜の川原は冷たかったが、玄次郎は今夜も暗い川原で川の音を聞いていた。星一つ出ていない暗い夜を川は流れ続けていた。

(なぜこの手は、石鑿を握ろうとしないのか。)

玄次郎は自問自答した。

(輝く白い石の中に込められている観音の姿を、この地上に迎える決心がつかないのはなぜだ。観音の姿が千勢の姿をしているからだ。それが恐ろしい。千勢は、宗助はどう思うであろうか。といって、自分を偽り全く違った姿を彫り上げることなどできない。あの石の中にすでに宿っている観音の姿がはっきりと見えるのだから。いっそ、この暗い川に身を投げて、すべてを流してしまったらどうだろう。いや、いや、流れて行く先は地獄だ。彫るしかない。彫るしかない。)

強く言い聞かせるそばから、怖気づいているもう一人の自分を、従わせることのできない自分自身が情けなかった。

夜も更けてきた。川の土手を越えて秦家の屋敷に続く坂道を下った。千勢を背負ってこの坂道を走り下った嵐の日が思い出された。そして、千勢の血でまっ赤に染まった手の平を、天《てん》の水が大粒の雨となって一気に洗い流し、清めてくれた奇跡を見たあの日のことを。

仕事場は火の気がなく、しんしんと冷えていた。使いたければ風呂に入れるように、いつも千勢が終《しま》い湯《ゆ》を落さずにおいてくれる。遠慮してたまにしか使わないのだが、今夜はもらい湯をしてみようかと湯殿の方を見ると、ぼんやりと明かりがもれている。今時分誰が湯を使っているのか。それとも燭台を置き忘れたのか。玄次郎は湯殿の戸に手をかけようとしたが、はっとして息をひそめた。かすかに湯が体を洗う音がする。羽目板の隙間に目を押しあてた。その瞬間、ざあっという音がして洗い場に片膝をつき、上がり湯を右肩からかけ流す千勢の裸身が目を射た。そして恥じらいもなくすっくと立ち上がる千勢の姿が目の中に焼きついた。玄次郎は雷に打たれた男のように血の気を失い、石像となって動かなかった。清らかな白い肌であった。胸にはゆったりとした膨らみが左右に張り出し、野苺にも似た小粒な乳首を見せている。豊かに伸びた足、立ち上がるに連れて露になるみぞおち、腹。玄次郎は目を閉じることができなかった。浴衣を着、腰紐を結んだ千勢が燭台を片手に出て行き、暗闇だけが残っても、まだその残像を求めて執拗に凝視し続けた。

翌朝、宗助と千勢は、激しい石鑿の音で目を覚まされた。火花を散らすような音と、慈しむようなやさしい音が交錯していた。

「おおっ、あの野郎、やっと始めやがったな。」

がばっと蒲団を跳ねのけて宗助は起き上がり聞き耳をたてた。

「玄さん、やっと、やっとその気になったんだねえ。」

千勢も胸に熱いものが込み上げてきた。

それからは玄次郎の石打つ鑿の音が絶えることなく続いた。食事も仕事場に運ばせて、いつ食べるというきまりもなかった。供えた食膳が空になっていれば食事が済んだ証拠であり、その気にならなければ、野良猫に喰い散らされても一向に気にしなかった。

（もう鑿を握りさえすればいい。この手が自然と動いてくれる。）

これが仕上がれば本望であった。石工として生きた甲斐があったといえる。

（俺は妻を殺し、その上、主の妻の裸体を盗み見たきたない男だ。薄ぎたない卑しい男だ。だが俺の手は、俺の手が彫り出す観音像こそは、清浄無垢そのもののお姿だ。神仏もご照覧あれ、玄次郎は精魂尽きるまで石鑿を打ち続けます。）

秦家の人々は皆、祈りを込めた石鑿の音を聞きながら、心を張り詰める日々を過ごすのであった。

20

(二)

秋の山道は気持が良い。峠まであと一息である。ここへ転地療養に来てから早くも十回目の秋がめぐってきた。あの峠まで登れるようになるまでに何年かかったろうか。息が切れて、七才ばかりの幼いりんに負けてしまう自分が情けなかった。四年も過ぎた頃であったろう。ついにこの峠へたどりつけた喜びは今でも忘れられない。

紅葉した木々の向こうに小さな盆地が見える。小川が流れ、街道が走っている。街道と川に沿って人家が点在する。柿の木がすっかり葉を落し、赤々と輝いた実をびっしりと付けている。まるで珊瑚細工だ。日はもう中天に近い。乙吉が弁当を待っているだろう。急がねばならない。景色に見とれていた喜一郎が二三歩あるきかけたとたん、頭上の栗の木が揺れ動き、小さな毬栗《いがぐり》が落ちてきて、頭と肩にあたり、ころころところがった。

「いたっ。」

と声を上げて見上げると、大きな栗の木の股に、りんがちょこんと腰をおろし、草鞋《わらじ》ばきの片足を小枝にかけて揺すっているのだった。

「この小猿め、何をしやがる。」

りんは赤い頬をふくらませて悪戯っぽく笑った。

「兄《あん》ちゃん、薄ぼんやりと何を考えているんだ。」

「なんにも考えてねえよ。」

「うそだい、この大うそつき。」

「りんが子供だった頃のことを思い出していたんだよ。俺がここへ来た頃のりんは、小さくて本当にかわいかったけんどさあ、十八にもなるってえと、さっぱりかわいくねえなあ。」

喜一郎の憎まれ口に、りんはぷっとふくれて、木からするすると滑り降りると、兎のように身軽く低い繁みの向こうに消えた。また毬栗が一つ、喜一郎の足もとに飛んできた。

「こらっ、待たねえか。」

りんを追いかけて喜一郎も走り出した。今ではりんに負けることはない。本気で走った。りんも本気で逃げた。小柄な丸々とした体を鞠のように弾ませ、木々の間をすり抜けて行く。アハハハ、アハハという笑い声が谺になって残った。喜一郎は日焼けした細面に濃い眉を開き、白い歯を見せ、心の内から溢れてくる喜びを全身に漲らせて走った。とうとうりんに追いつき、肩越しに後から羽交締にした。

「さあ、どうだ重たかろう。」

りんの背におぶさるように体重をかけた。

「あれえ、兄ちゃんが悪いんだよう。お父っつあん助けてくれ、助けてえ。」

二人を待っていたあきの夫、乙吉は炭焼き竈の煙の中から、目をしかめて立ち上がった。

「遅かったじゃねえか。腹が減ったよ。」

「ごめんよう。これもみんな兄ちゃんが道草しているからなんだよ。」

「だまれりん、お前のおかげて俺も腹ぺこだ。」

喜一郎はすっかり面変わりしていた。眉間に刻まれていた深い皺は左右にのびやかに開き、通った鼻筋と繋がって秀でた額を引き立てている。不服そうにすぼめられていた唇も一文字にひろがって、若々しい白い歯がこぼれる。すこし吊り気味の目は切れ長で活き活きと輝き、何よりも中肉中背ながら筋肉質に引き締った体つきが、精神と肉体の健康が回復されたことを雄弁に語っていた。

喜一郎が、背負っていた風呂敷包みを解いた。大きな竹皮の中に握り飯六つと、漬物が入っている。あきが用意してくれた三人分の昼飯である。りんが掛樋から流れ落ちる清水を汲み、焚火にかけてある鉄瓶に入れた。しゅんしゅんとたぎっていた湯は一気に静まった。そこへ一握りの茶葉を入れる。

家の庭先に植えた茶の木の葉をむしり、そのまま焙烙《ほうろく》で煎っただけの素朴な茶葉であるが、飲みなれるとなかなかうまい。焚火のそばでは、串刺しにされた山鳩がこんがりと焼けていた。乙吉は炭焼きをしながら、周囲に小動物を捕らえる罠を巧みに仕掛ける。野兎や山鳩は特にご馳走である。

「旨い、旨い。」

喜一郎が山鳩をむしって口に入れながら言う。

「これが本当の野点《のだて》だな。ご馳走を食って、茶を飲んで。」

「栗も焼けてるよ。」

りんが、小さいがまん丸に脹らんだ芝栗に鎌で傷をつけてから次々に灰の中へ放り込む。

「うちのおっ母さんなんぞ、緋毛氈の上で、しゃかしゃかって茶を点てちゃあ、野点でございって遊んでいるらしいが、こっちの野点をみせてやりてえよ。」

乙吉が顔を上げて、喜一郎の顔を見た。

「おや、喜一っつあん、実家のおっ母さんの話が出るとは珍しいねえ。」

喜一郎は少し笑ってから考える目つきをした。

「そうかい。だけどなんだなあ、うちのおっ母さんは、いざとなれば蛇だって真二つにぶった切れるし、鳩の羽だってむしれるだろうから、こんな野点ぐれえじゃ、驚きもしねえだろうよ。」

「あたいだって、蛇をまっぷたつにぶった切るなんざ朝飯前だよ。あんちゃん、あたいがおっかねえかい。」

「おっかねえもんかい。今の俺にはおっかねえ者なんぞいねえよ。お父っつあんだって、千勢だって。」

「千勢って兄ちゃんの妹だろ。きれいな人か。」

「そうだなあ。」

喜一郎は色白で丸顔の千勢を懐かしく思う。

「大根みてえな奴だよ。」

「じゃあ、あたいは何みてえだ。」

りんが澄まし顔で喜一郎を見る。

「そうさなあ、千勢が大根なら、お前はかぼちゃかなあ。」

りんが足をばたばたさせて笑いこけると、喜一郎も乙吉もつられて大笑いをした。

食事が済めば今日は炭の竈出しであった。高温でむし焼きされた木の枝は、小さな竈の口から掻き出され、外気に触れると真赤に息づく。そこに灰をかけて伏せるのだ。以前は乙吉とあきの仕事であったが、今では喜一郎とりんが手伝っている。

「お父っつあん、俺あ、近いうちに久下へ行ってくるよ。」

乙吉が驚いて手をとめた。

「お父っつあん、りんを嫁にくんねえかい。」

今度は、さして驚いた様子もなく、仕事を続けながら言った。

「いいよ。二人が仲が良いことは誰でも知っているからな。だがなあ、久下の旦那さんが何と言いなさるかなあ。」

「そんたこたあかまうもんかい。りんを連れて、一度行ってみてえと思っているんだよ。久下の家はもう俺の家じゃねえ。俺はここで生きてゆきてえ。」

乙吉はしばらく黙っていた。

「ここで、どうやって生きてゆく気だね。」

「炭焼きをするよ。」

「とんでもねえこったよ。喜一っつあん、俺たちが炭焼きだけで暮らしていけているとでも思っているんかね。とんでもねえこったよ。喜一っつあんの実家から来るお手当のお蔭で俺たち三人は飯が食えているんだ。白い飯だって喜一っつあんに食わせてえから、喜左衛門様がいくらでも届けてくんなさる。喜一っつあんは一生、お父っつあんの世話になって暮らす気なんかい。そんだら、りんは嫁にゃあやらねえよ。」

「俺は秦の家とは縁を切るよ。千勢の聟がしっかり者で、分家を立派に盛り立てているそうだ。なんでも松平様御用の仕事までしているとか。腕の良い石職人がいて石屋が繁盛しているそうだ。金貸しもしているし、養蚕もしている。奴は俺より一つ年下だが、俺よりも遙か先を走っている。俺も走り出してえよ。親父に金を借りて自分の山を買うつもりだ。炭を焼き、薪をつくる。育ちの早い雑木を次々と植えてゆく。」

「そ、そんな夢のような話……。」

「夢じゃねえよ、夢じゃねえ、りんと一緒になって、お父っつあんと、あきがいてくれれば俺あ百人力だあ。」

21

二人は明け六つ（午前六時）に家を出た。弁当を腰に下げ、幾筋もの小道を抜けて、川越児玉街道に出てからは、ひたすら歩いた。りんは山育ちで広い所といえば眼下に広がる小川盆地しか知らなかったので、山が遠くなるにつれ元気がなくなり、不安そうな表情で振り向いては山の姿をさがした。

「あれ、兄ちゃん、あの山はどの山だろう。山をよく知っているあたいだけど、どれが何山なんだか、さっぱりわかんねえよう。」

「山にいても山を見ず、川にいても川を見ずって諺があったかなあ。」

喜一郎も不思議に思う。久下村で過ごした二十一年間であったが、一体自分は何を見ていたのだろうか。十年にわたる山での暮らしは、喜一郎の心と体を癒し、それがいつしか、父喜左衛門や継母津也、そして妹千勢に対する思いまでも変えているのであった。体が健全になって心が変わったのか、心が変わったので体が健全になったのか。あんなに嫌っていた父であったが、今考えてみれば、自分に対して手を挙げたり大声で叱ったりしたことは一度もなかった。静かに理を説いてくれた。それが正しければ正しいほど自分は逆上し、ふて腐れ拗《す》ねていた。情けないいやな奴だった。父はじっと辛抱して待ってくれていたに違いない。なのに俺は父の理性や愛情を、俺に対する冷たさと思い込んでいた。いや思い込もうとしたのだ。さもなければ拗ねる理由がなかったからだ。津也もよくしてくれた。さして裕福でもない秦家に嫁いできて、俺のような不出来な先妻の子がいたのに、食事、着る物ともによく気を配ってくれた。父の理性的なものいいを、役にも立たぬ学問を操る見栄張った男の弱腰と思ったり、津也の心遣いを、実家の富をひけらかすいやな女と決めつけたりしていた。千勢にしてもそうだ。五つも年下の妹を甘えさせてやるだけの度量も自信もなかった。無邪気な妹に張り合っている自分がみじめだった。妹の澄んだ瞳が真っ直ぐに向かってくるような気がして、負けてなるかと突っ張っていた。今となっては、その千勢が一番懐かしく思われる。俺とりんを見たら、どんなに驚くだろう。大きな目を落っことしそうに見張るだろう。決して悪い家族ではなかったのだ。貧しい山家の家族が、貧しいからといって肩を寄せ合い、愛に満ち仲良く幸せに暮らしているとは限らない。山働きの父が呑んだくれて、妻子に暴力を振い、娘を売り飛ばす例などもある。心掛け次第で幸せを感じられる環境であったのだ。だが、あのままあそこにいても、それに気づくことは一生涯なかったろう。山から生きる力を恵まれ、山から多くを学んだ自分は、生涯山で生きよう。喜一郎はさまざまな思いに駆られながらひたすら歩いた。

日が傾きかけてから、川越児玉街道を外れて松山から松山道を進み、小泉村へ出る広い田圃の中を歩いた。小泉村沿いの荒川土手に出ると、対岸の彼方に久下村の土手が見えた。小泉の土手を下り桑畑が尽き、石と砂の原が続く。りんにとっては異様な光景であった。

「兄ちゃん、ここはまるで賽《さい》の河原みてえだなあ。」

喜一郎の腕にすがりつき、怯えた目で不安を訴える。

「大丈夫だよ。もうすぐ川へ出る。その川を渡れば、兄ちゃん家《ち》はもうすぐだ。川を渡し舟で渡るんだぞ。」

渡し舟と聞いて、りんはいよいよ怯えた様子でしがみついてきた。

その渡し舟に乗った時のりんの様子は本当に面白かった。喜一郎に抱きかかえられて、こわごわ乗った小さな舟の真中にべたりと座り込み、子供のように舟端にしがみつき川面をのぞき込んだ。船頭が長い竿で岸辺の砂を一突きすると、舟はぐらりと揺れてからおもむろに滑り出した。水嵩は意外に多く、水が激しく舟腹をたたき、やがて白波を立てて流れ下る川の中央部に来た。舟は流れに押されて川下へ流され出した。りんは大声で、

「兄ちゃん兄ちゃん、流されるよう、流されるよう、助けてくれえ、助けてくれえ。」

と叫んだ。

「りん、いいから目をつぶっていろ。」

「おっかなかったら川を見るんじゃねえ。目をふさいでいなよ、姉ちゃん。俺の漕ぐ舟が流されるわきゃあねえからよう。」

船頭も笑いながら言った。りんは両手で顔をおおった。急流を抜け出すと、舟は流された距離を難なく遡って、久下村の舟着き場に、ぴたりと着けられた。

渡し舟を降りると、すぐに久下村の土手である。土手の上に一本の百日紅があり、その木の下に小さな祠が祭ってある。九頭竜様と呼ばれる水神である。夏の終り、洪水がくる前に、久下村の人々は堤の斜面にいくつもの灯籠をともし、水神を宥め、水難のないことを願う。昔、この場所が大欠壊し、

中山道は水浸しで、舟で通行したという話もあり、その恐怖は世代を越えて語り継がれ、川の恐ろしさは人々の骨身に浸みている。その時に、この土手にあった巨大な石の地蔵が押し流され、秦家の屋敷に漂着したのだという。秦家の祖先は、この「物言い地蔵」と呼ばれる地蔵を、屋敷の向かい側の敷地に御堂を建ててお祭りしたとのことであった。

この地蔵には伝説があった。この地蔵の前で、盗賊が旅人を殺し金を奪った。ふと見れば、巨大な地蔵が黙ってこちらを見ている。

「地蔵よ、俺が旅人を殺し、金を奪ったことを誰にも話すなよ。」

思わず盗賊がそう言うと

「我は言わねど汝《なれ》言うな。」

と答えたのだという。実際その盗賊は、自らの悪事を自分で他言し捕えられたそうだ。

土手を下り中山道へ出た。ここはもう秦家の近所といっていい場所だ。自分が生まれ育った所を、遠くから来た旅人の目で眺めながら歩いた。豆腐屋がある、畳屋があり下駄屋がある。すこしも変わっていない。小さな商店が冷たい秋風の中に埃っぽく連なっている。山々の鮮やかな紅葉を、朝な夕な目に映している喜一郎には、すこし興醒めのする景色であった。

とうとう家の前へ来た。秦家の門は閉ざされていて、一本の赤松が天に向かって一直線に伸びているのが見える。さすがに懐かしさが込み上げて来て、しばらく佇んでしまった。

「ここが兄ちゃんの家だぞ、りん。」

りんは返事もせず、喜一郎の背に隠れた。

「まず、千勢んところへ寄るとするか。」

秦家の下《しも》並びに、昔は祖母の隠居場であった藁屋がある。宗助と千勢はそこで石屋を始めたと聞いていた。なるほど入口付近に大きな石や石材が形よく並べられていて、いやでも石屋だとわかる。このあたりでは職業で人を呼ぶから、宗助も、千勢も、「石屋《いしゃ》ん家《ち》」と呼ばれているのであろう。石屋ん家のおかみさんと言えば千勢のことだ。はやく会ってみたいものだと思う。垣根は入口を幅広く開き、石材の搬入が容易になっている。腰高障子を開けて入ると土間があり、最近増築したばかりらしい板の間があった。衝立の向こうに机があり、上がり框には火鉢があって鉄瓶が静かな煮え音を立てている。どこからか石を打つ鑿の音がし、衝立の向こうでは算盤をはじく音がする。算盤の音が止んで衝立の陰から女が出て来た。板の間にすらりと立ったまま、緊張した面持で喜一郎を見つめた。

「千勢っ。」

胸がいっぱいになって声がかすれた。

「兄さん、兄さんかい。」

千勢は框に膝を突いて両手を喜一郎に差しのべた。

「俺だよ、喜一郎だよ。」

「兄さん、兄さん、本当に兄さんだよねえ。」

「あたりめえさ。幽霊なんぞじゃあるもんか。」

喜一郎は千勢の両の手を自分の手の平で包んだ。

「兄さん、大きな手になったねえ。顔もまるで変わっちまったよ。立派になったねえ。私はまるで見違えてしまった。」

「なんだ、なんだよ偉そうに。ちっともお前は変わってねえなあ。」

と言いながら千勢をつくづく眺めた。傲慢に思えるほど屈託なくのびやかな妹であったが、思慮深そうな目や、すこしやせた頰のあたりに優しそうな笑みが浮かんでいる。結婚から十年を経て数々の試練を味わったことを語っていると思った。

「はじめに私に会いに来る人がいるもんかい。さあさあ、まずお父っつあんに会うのが本当だよ。」

下駄をつっかけて走り出そうとして、千勢ははじめてりんに気づいた。

「兄さん、この人は……。」

「りんだ。あきの娘だよ。」

あっ気にとられて喜一郎と千勢の問答を聞いていたりんは、千勢の顔を茫然として見つめている。

「ああ、おりんさんかい。」

千勢も名前は知っていた。喜一郎と乳兄妹のりんであった。

「りん、なんとか言わねえかい。」

喜一郎が笑ってりんの背中を押したが、りんは尻込みして喜一郎の背にまた隠れてしまった。

「いいよ、いいよ、さあおりんさんもこっちへおいでなさい。」

改めて往還へ出てから、秦家の門の扉を押した。喜左衛門は昨年の秋に風邪をひいてから、持病の喘息が思わしくなく、名主役も人に譲り静かに暮らしていた。久し振りに見る父の顔は、驚くほど老けていた。喜一郎が来たと聞き、薄い綿入羽織を着て起き上がった。父の姿を一瞥《いちべつ》し、喜一郎には万感の思いが込み上げてくるのであった。この上品な老人が自分の父であったか。若い頃から学問に励んできた人であったが、その学問で家族を養ってきた人ではない。素人学者といえるかも知れない。だからこそなのだろうか、父は汚れなく老いた人だと感じられる。やはり父は尊敬して余りある人だと思った。喜一郎は畳に手をついて頭を深く下げた。

「お蔭様で私は、この通り元気な体を手に入れることができました。これも長い間、私の気儘を許し、見守ってくれたお父っつあんのお蔭によるもんだと思っています。本当に有難うございました。」

父の前で、はじめて素直になれる喜一郎であった。

「よかった、よかったなあ。すっかり男前になったではないか。」

喜左衛門の痩せた頬がゆるみ、一筋の涙がこぼれ落ちた。

22

その夜は久々に賑やかな夕餉であった。千勢と宗助も加わり、土産の茸を炊き込んだ茸飯を味わった。喜一郎の背に隠れてばかりいたりんであったが、様子が分かってくると、生来の悪びれない性格で、喜左衛門や津也にも無邪気に話しかけた。

「兄ちゃんのおっ母さんも山の人なんかい。」

「そうだよ、りんさんも私も山育ちだから、気が合いそうだねえ。」

と津也が調子を合わせる。

「山育ちったって、お前とはわけが違うんだぞ。おっ母さんは山大尽の娘なんだからな。」

喜一郎がたしなめるように言う。

「大曲《おおまがり》の旦那みてえなお大尽か。」

「ばかいえ、大尽といえばうちの山主しか知らねえんだからな。おっ母さんの実家じゃ、でっかい松や杉の木を江戸まで送ってるんだぞう。」
「じゃあ、こんなくれえ大尽だな。」
と両手をひろげてみせるりんに、千勢も宗助も思わず吹き出してしまった。りんが喜一郎の嫁になる話は、もう一年以上も前から松吉を通じて聞いていたが、会ってみると年の割には幼なく汚れないりんに、誰もが好感を持った。

その夜喜一郎は、家族そろったところで、来訪の目的をはっきりと告げた。自分はりんと一緒になり、乙吉、あきとともに生涯を山で暮らすつもりであること。そしてこの年まで我儘をさせてもらったうえに言い憎いのだが、是非とも、金を貸してもらいたい。自分の山を買いたいと思う。乙吉は炭を焼いているがいくら焼いたところで、ほとんどは山主の方に納めてしまう。枝も木も山主のものだから、焼く手間賃としてわずかな炭が手元に残るだけだ。これでは食って行けない。山仕事は厳しい。乙吉もあきも老いてきて、もう無理はできない。これからは自分とりんで生活を立てて行くつもりだ。お父っつあんに金の無心はしたくないが、どうしても自分は雑木山を持ち、炭を焼き薪をつくり、成長の早い雑木を育て、自分で売ることを夢みている。一家四人で力を合わせて働くつもりだ。

長い時間をかけて、喜一郎は自分の将来の夢を父に語った。喜左衛門は熱心に語る喜一郎の若々しい顔に見惚れていた。生きる情熱をたぎらせている息子の顔こそ、喜左衛門が最も熱望していたものであった。

「それで、山はいくらあれば買えるのだ。」

「五十両はいるかと思います。」

「そうか、今晩、よく考えてみよう。」

「有難うございます。」

喜一郎が畳に額をつけて頭を下げると、りんもそれにならって頭を下げたので、喜左衛門までが笑った。

「兄さん、炭が出来たら、久下の舟着場へ、どんどん送って下さい。わしが売りますよ。良い品が安ければ必ず売れます。養蚕は炭を使いますからね。でも薪はどうだかなあ。このあたりじゃ、桑の枝や古株がいい燃料になるんでね。薪を使うのは、人寄せでもあって、近所の女たちが台所へ手伝いに来た時に、見栄で使うくれえです。薪は熊谷の町中へ持って行った方がいい。その代りにどうだろう。炭を久下まで積んできた川舟で、江戸からくる小間物や雑貨なんぞを仕入れて運んでみるのは。戻り舟だから重てえもんは積めまいが、そういった物だったら運べるだろう。山持ちや紙漉きの金持ちのところを行商すれば喜ばれるんじゃねえですか。」

宗助の言葉に、喜一郎は一段と声を弾ませた。

「さすが宗助は頭が廻るなあ。」

「わしでよければ千勢と相談して、仕入れを手伝いますよ。」

二人の若者は夢を語り合って夜が更けるのも忘れたようであった。

喜一郎とりんは、昔の喜一郎の居室で床を並べて寝た。りんは生まれてこの方、こんなに多くの事を体験したことが無かったせいか、なかなか興奮が静まらないようであった。

「兄ちゃん、兄ちゃん。」

眠りかけている喜一郎を何度も呼び起した。

「千勢さんは普通の人間かい。」

「人間でなけりゃなんだってんだよ。」

「まるで人形みてえに見えるんだもの。ううん、芝居のお姫様かも知んねえ。」

「千勢も村芝居の女形と一緒にされて、さぞうれしかろうよ。」

りんと喜一郎のおしゃべりは、明け方まで続いていた。

翌朝も秋冷えのする良い天気であった。寝相悪くころがっているりんをそのままにして、喜一郎は庭に出て、古い松の木が植え込まれた築山をまわり、井戸へ行った。千勢が米を研ぐ音がしていた。

喜一郎が声をかけると、千勢が顔を上げた。

「あれ、兄さん、お早いじゃないかい。」

と言ってほほ笑み、立ち上がって釣瓶の竿に手をかけた。

「おっと、俺に汲ませてみな。」

喜一郎が力強く水を汲み上げた。

「ありがとう兄さん、うれしいよ。」

二人が井戸端で働くなど、かつてなかったことであった。千勢の横顔にやさしい微笑が湛えられた。

そして水の音が静まると、コッコッコッと石を打つ音がはっきりと聞えてくるのだった。

「石職人は、何人いるんだい。」

「住み込みの玄次郎さんと、もう一人手伝いが通って来るんだよ。」

「大変な仕事が始まっているって話だな。」

「来年の春までに、東竹院へ魚籃観音を納めるんだけど、何しろ施主様が忍のお殿様だってんだから、もう家は大変なんだよ。うちの人も玄さんも気持がとんがっていてね、私も間に立って、しんが疲れちまう。やっと本気でとっかかったばかりでねえ、これからが辛抱なんだけど、先が思いやられてしまうのさ。」

「そうかい。千勢も大変なんだなあ。それにしても、宗助が石屋になるってのも不思議なめぐり合わせだなあ。昔、ご先祖が物言い地蔵を屋敷内に祭ったご利益かも知んねえなあ。」

「兄さんが炭屋になるってのはどういうめぐり合わせだろう。」

「本当だなあ、川の者が山で、山の者が川で生き仕事をする。世の中ってなあ不思議なもんさあ。」

喜一郎は千勢に案内してもらって、広い養蚕小屋を見に行った。蚕道具がきちんと片付いている。観音製作のため、今年の秋の蚕は掃き立てなかったのだという。繭のとれ高や相場のことなどを熱心にたずねる喜一郎を千勢は頼もしそうに見上げながら、昔からこのように仲良く話し合えたら、どんなに楽しかったろうと思うのであった。

石を打つ鑿の音は、蚕小屋を仕切った古い雨戸の奥から響いている。

「あそこが石屋の仕事場か。」

「そうなんだよ。もっと広い所で仕事をした方がよさそうなもんだと思うんだけど、玄さんは閉じ籠るのが好きでね。私など近づいてもいけないみたいに殺気立って……。」

と千勢が言っている時、板戸が一枚がらりと開いて、大きな男が頭から先に背を丸めて出てきた。埃だらけで色も見分け難い仕事着を着て、頭髪もまた埃だらけの上に伸び放題、こけた頬に無精髯が伸びている。目ばかりが大きく眼窩から飛び出すかと思われた。若いのか年寄りなのか。修業僧か乞食かと思われても仕方なかった。その男は喜一郎と千勢を一目見ると、何の愛想もなく、体を板戸の中に引き入れるとぴしゃりと音をさせて閉めてしまった。中からは何の物音もしない。

「あれが腕のよい石工の玄次郎かい。なるほど、お前も大変だなあ。」

喜一郎は、この気難しそうな職人と、野心満々の宗助の間で、気苦労が絶えないであろうと千勢をねぎらった。

晩には津也と千勢で赤飯を炊いた。喜一郎とりんの婚約を家族で祝う夕餉にしたかった。大きな蒸籠を大釜の上に重ね、桑の根株を焚く。蒸籠から勢いよく白い蒸気が立ち登り小豆の甘い香りがただよう。丸々と肥えた荒川の鮎が焼かれ、山の者には珍しい蜆の味噌汁がつく。朱膳が朱盃を乗せて各々の前に並んだ。

喜左衛門が喜一郎に言った。

「喜一郎、お前が元気な体を山から恵んでもらい、こうして顔を見せに来てくれたことを、私は心からうれしく思っている。りんを大切にし、乙吉とあきに孝養をつくせ。山を買い、炭焼きを始める資金は私が出そう。私はもう、そう長くは生きられないと思う。千勢には宗助と津也がいる。五十両は私の貯えに土地を少し手放せば用意できる。松吉っつあんに頼んで早いうちに届けてもらおう。力一杯働き稼げ。これからは商いの時代だ。お前や宗助の時代だ。そして、どこで生きようとも、お前は私の息子だ。秦喜一郎として山で生きるがよい。」

「お父っつあん、有難うございます。ご恩は一生忘れません。」

父とは、これが最後の別れになるのかも知れないと思い、手の甲で目を押えた。

翌朝早く、喜一郎は赤飯の入った大きな重箱を背に負い、りんは千勢に譲ってもらった着物と帯の一揃いを風呂敷で背負って帰って行った。喜一郎が、そんな着物は山じゃ着る時なんぞねえぞと反対したのだが、りんが、これは私の宝物にするのだから、と言ってもらって帰ることにしたのであった。

㈢

23

翌春天保九年（一八二八）二月二十五日に、魚籃観音の開眼法要が行われることに決まった。年明けからこの方、宗助と玄次郎が近づく大仕事に向かって緊張し、気を高ぶらせているのが、千勢には肌身で感じられた。その上、この一年間に渡る観音造りを挟んで、二人の間に軋《きし》みが生まれていることも見のがせない事実だった。自分まで気持を尖《とが》らせてはなるまいとは思うのだが、宗助の言葉や玄次郎の態度に一喜一憂し、落ち着きのない毎日を過ごさなければならなかった。玄次郎はたまに仕事場から出てくることもあったが、以前とは別人のような恐ろしい姿と形相であった。無骨ながら心根の優しい下男ではなく、仕事一途に打ち込む異形の石工であった。一方、宗助はといえば、観音制作にまつわるさまざまな雑務や連絡に奔走し、その間に家業の石屋を新川河岸の石材屋から通ってくる職人にさせている。その上、金貸しの方もますます忙しくなっているので、落ち着く暇もなかった。機嫌が悪く刺々《とげとげ》した物言いをすることも多くなって、この長い緊張に、自分を含めて、三人が耐え抜けるであろうかと不安に思うのだった。二月二十五日が早く来て、すべてが無事に済みなにもかも終る日を千秋の思いで待つのであった。

宗助もまた同様であった。玄次郎への不満をどこまで耐えねばならぬのかと悔しくなるのであった。

(「造らせる者は、造る者の苦しみを解れ。」という千勢の言葉も頷けた。だから苦労な雑用や準備にも身を粉にしてきた。金も惜しんだことはない。だが玄次郎はといえば、俺の苦労など何処吹く風とばかりに気難しく、一人で考え込み、思案の一つも俺に持ちかけるでもなく、こっちをまるで無視している。自分たった一人で彫り上げてみせるという傲慢な態度が目に余る。ちっとは腕が良いからって自惚れるのもいい加減にしろ。

「造る者は、造らせる者の苦しみを解れ。」

千勢の言葉をひっくり返してそのまま叩きつけてやりたい気分だ。玄次郎の彫った子育観音が、千勢の病んだ心を癒したというのもあやしいもんだ。たまたま癒える時期と重なっただけだろう。みんなにおだてられてすっかりいい気になっている奴が許せねえ。行き倒れて俺に助けられたことを忘れたか。）

宗助は昔の姿からは想像もできなかった玄次郎の変身に、反撥と対抗心とを募らせた。玄次郎の握る石鑿から、次第に現われてくる、この世ならぬ気品と清らかさを堪えた石仏の姿を見るにつけても、

「やはり、玄次郎の勝ちだ。」

と認めざるを得ない力量を感じ、敗北感に悩まされた。

二月二十四日早暁、明け方の光の中で玄次郎は最後のたたき仕上げを終らせた。丹念に精魂を込めた仏像彫刻は終った。もはや、手を入れるところは全くなかった。観音像は完成し、玄次郎の手を離れた。短い間であったとも、長い間であったとも思えた。一塊の石の中から衆生の願を叶えるため、姿を現わした厳かな観音がそこにいた。朝の光が蠟燭の淡い光を追い払って、観音の頭上に差し込んできた。玄次郎は光とともに観音を眺めた。心が浄化されてゆくのを感じた。玄次郎は、鑿を握って以来はじめて囲いの雨戸を全部取り払った。外気と朝の光を吸って、観音はみるみる輝き息づき始めた。千勢に似ているとかいないとか、そんなことはどうでもよかった。観音は現し身の千勢とは全く別世界の天界の仏の姿なのであった。

「み、見事だ……。」

背後で呻き声がした。宗助が立っていた。玄次郎は誇らしそうに宗助を振り向いて笑顔をつくったが、そのまま、白目を剝いて地面にくずおれた。

「おい玄さん、大丈夫かい、しっかりしなよ。」

玄次郎の修行僧のように骨と皮ばかりになった体と顔を見て、宗助は胸がつまった。

「玄さん、よくやったなあ。よくやってくれたなあ。有難うよ、有難うよ。」

軽くなった玄次郎の肩をささえて家の中にかつぎ込んだ。

「千勢、千勢、玄さんに滋養のあるものを食ってもらえ。」

千勢も飛び出して来て玄次郎を上がり框に寝かせ、粥を土鍋にかけた。

「玄さん、こんなにもやつれて……。本当に有難う。うちの人のために命を投げ出して尽くしてくれたんだね。」

千勢が涙をぬぐいながら言った。

「いいえ、いいえ、あっしはただ彫りたくて彫っただけですから。旦那のお蔭で一生のうちにたった一度でもこんな仕事をさしてもらうんは、石工冥利に尽きるちゅうもんです。」

宗助は千勢にあたり散らし、玄次郎を腹立たしく思った自分を恥じた。すべては玄次郎をはじめ施主松平様、順忍和尚、喜左衛門とめぐり合えた幸運の賜物であった。感謝を忘れてはならない。それにしても明日の開眼式の晴れがましさを思えば心が躍る。

「さあ、今日は大変な日になるぞう。千勢、玄さんが元気になったら湯に入れて、頭と髯をさっぱりさせてやってくれ。」

明るい声を千勢にかけて仕事場へ行ってみると、早くも鳶職や檀家の人々が集まり始めていた。観音は白布に巻かれ、荷車の上に寝かされて、蓮華座とともに東竹院の境内に運ばれて行った。四尺ばかりの黒御影石の台座に、白亜の観音像と蓮華座を据えるのは、一日掛りの大仕事なのであった。

24

開眼法要当日、二月二十五日は、春らしい暖かな日であった。好天に恵まれて、人々は近郷近在から見物に集まって来た。白布に被われた観音像の廻りには、朝早くから人垣ができていて、祭りのようなにぎやかさであった。丁度、桜の花が六分咲きで、像の背後から天蓋となって枝をさしかけている。久下村の大地主であり名主である宮部徳兵衛が裃姿で畏まっている。秦喜左衛門が紋付袴を着て、津也と千勢に付き添われ、ならべられた円椅《えんい》の一つに座っている。宗助も紋付袴を着て、鮮やかな藍染めの半纏を身につけた玄次郎を従えている。玄次郎は一年振りに月代《さかやき》を青々と剃りあげ、不精髯を落とし、新しい草履をはいて首一つ高く立っている。

やわらかな春の光の中、人々のどよめきが波のように打ち寄せてきた。金襴の袈裟をつけた順忍和尚に先導されて、忍城主松平下総守が姿を見せた。小太りの体に丸顔で、おだやかな人柄が想像された。大勢の家臣を従えて歩み近づいて来るきらびやかな姿に、人々は一斉に平伏した。宗助は生まれて初めて目にする殿様の姿に目が眩み、このような方に関わりを持たせてもらった事実に畏怖を感じ、今更ながら事の重大さに胸が高鳴るのを抑えきれなかった。

城主から発願の趣旨が述べられた。かつて忍城下は常に水害に悩まされていたが、瀬替え以来流れが南へ反転したため、城下はもちろん、羽生、行田一帯には大穀倉地帯が生まれた。その一方で、久下村、江川村はじめ、新川沿いの村々に水害が及ぶようになってしまった。多くの犠牲者も出てしまった。願わくば本日開眼される魚籃観音の霊験により、水の怒りを鎮め、川沿いの村々の平安が守られますように。また川の中に生きるあらゆる生き物の魂が天界において祝福を賜りますように。

順忍和尚と、近隣の村々の僧たちの読経の中、観音にかけられた縹《はなだ》色の紐が、施主によって引かれ、白布がはらりと落ちた。

「おおっ……。」

低いどよめきに続いて深い溜息がもれた。春の光の中に白亜の観音像が出現した。黒御影の台座に据えられた、純白の観音と蓮華座であった。像の大きさはほぼ等身大であった。観音は高く結い上げた宝髻《ほうけい》に、化仏を現わした天冠を戴き、ふっくらとした豊かな顔をやや俯けて目線を足元に落し、右手を下げて掌を表に向けて与願印《よがんいん》を結び、左手に魚籃を持っている。天冠帯が両の肩に垂れ、肩から下がる細幅の天衣が胸を覆い、裳とともに両足をなぞりながら蓮華座の中に流れ落ちてゆく。豊かな首と胸を胸飾がめぐり、胸飾からいく筋もの瓔珞《ようらく》が下がってややひねった腹部を被っている。薄い裳が観音の体から水が溢れたかとばかりに波状をなして襞《ひだ》をつくり、蓮華座の中へ落ちてゆく。蓮華座の花弁の外側には波の浮彫が施され、花弁と波の間に間に、川に住む生き物たちの喜々として泳ぎ廻る姿が見えた。鮎、海老、鮒、鰻、蜆までも、観音の慈悲のもとに幸せを謳歌しているのだった。観音は荒れる川波を鎮め、捕えられた生き物たちの魂を天界の池に放ち、平安と豊穣を約束してくれるかに思えた。

「見事じゃ、見事じゃ。このように美しく気高い観音を拝むのははじめてじゃ。」

城主下総守は、満足の面持で観音を長い間見上げていた。忍城下や羽生の商人達も驚きの面持を隠せなかった。

和尚に呼ばれて、宗助と玄次郎は腰をかがめて恐る恐る忍城主下総守の前に平伏した。

「この者が秦喜左衛門の聟、石屋宗助でございます。良く気の廻る気持のよい男でございます。今日のためにどんなにか骨折りであったかと思いますが、よう働いてくれました。そして次に控えておりますのが、石職人の玄次郎でございます。口下手な無骨者でございますが、腕前はご覧の通りでございます。」

和尚の言葉に城主下総守は静かに頷きながら二人に言葉をかけた。

「両人共によく為し遂げた。礼を言うぞ。」

宗助と玄次郎は、喜びに胸がつまり、控えた両の腕がわなわなと震えてならなかった。ただただ、頭を低くして感激に耐えた。

千勢は忍城主からお言葉をいただく栄誉に感激している宗助と玄次郎の姿から目が離せなかった。安心感と虚脱感に体がくずおれそうになった。

「観音様の面差しがお前に似ていやしないかい。」

耳もとで津也が言った。

「そんな恐れ多いことを、おっ母さん、とんでもないことだよ。」

千勢は周囲を見廻し、小声で母をたしなめた。

25

その夜、宗助は檀家の人々にすすめられて飲めない酒を飲み、玄次郎に支えられて帰って来た。酔ってはいるものの、大事を成し遂げた達成感と安堵の気持で上機嫌であった。

「千勢、水をくれ、水をくれ。」

上がり框に腰を掛けるなり大声で千勢を呼んだ。千勢は紫色の三つ紋付の晴着のままで、宗助と玄次郎の帰りを待っていた。改めて祝いの言葉を言い、祝膳を囲みたいと思っていたのだった。

「肩の荷が降りたよ。玄次郎、本当に頑張ってくれたなあ。なんたってお前の力なしには出来ねえ相談の話だからなあ。いろいろあったけど、お互えよくやった。素晴しい出来栄えじゃねえか。仏像のことはあんまり詳しくねえ俺だが、そんでも一目拝んで迷いが吹き飛んだ。人の心を清めてくれる。穏やかで品があり慈悲に溢れている。」

水を飲みながら、自分の言葉に自分で酔って、目を閉じ、うっとりとしているのだった。千勢が膳を運び出し、

「玄さんも、さあさあ、お上がんなさいよ。」

と声をかけた。玄次郎はなにも言わずにしばらく突っ立っていたが、何を思ったか、いきなり宗助の足元の土間に両手をついて平伏した。

「旦那、おかみさん、わしの話を聞いてくだせえ。旦那が珍しく酔っていなさるから、今夜はやめようかと思案しましたが、明日になりゃあ、話す勇気がなくなって、またむっつり押し黙ったまんま

一人で悩み続けるんかと思うと、今夜のうちに話してしめえてえんですよ。」

「なんだ、なんだよ、こんな目出度え晩に、もういいじゃねえか。いろいろ苦しかったんは俺も同じだぜ。」

宗助が手を取って玄次郎を立ち上がらせようとすると、激しくその手を振り払って、青ざめた顔に必死の形相を浮かべた。

「いいえ、いいえ、旦那、おかみさん、聞いてくだせえ。わっしは精魂込めて、命がけで観音を彫らせてもらいました。それだけは心底間違いねえこってす。」

「よくわかっているとも、俺も千勢もようくわかっているとも。」

宗助も玄次郎のただならぬ雰囲気を感じてすこし酔いが醒めたようであった。

「わっしのこの腕が刻みてえ、刻みてえと言うに任せて鑿を振いました。けんど、わっしのこの腕は唯《ただ》じゃあ動いちゃくれませんでした。この腕はわっしの薄ぎたねえ心を喰らわねえと動いちゃくんなかったんですよ。」

宗助と千勢は驚いて玄次郎の顔を見た。

「何を言いだすんだい玄さん。あんたの心が薄ぎたないわけがないだろう。そんな人にあの気高い観音様が彫れるわけがないだろうよ。」

千勢が言うと、玄次郎はますます思い詰めた様子で強く首を振った。

「いいえ、いいえ、わっしは白状しなくちゃなんねえです。もう六年も前になりますが、行き倒れのわっしは夢現《ゆめうつつ》の中で観音様に助けてもらった。手に持った水瓶から水を恵んで下された。そのお姿を彫ろうと決めていたんだけんど、いざ彫ろうとしても、どうにも腕が動かなかった……。」

「……それでなんだ。」

酔いも一度に醒めて宗助が衣紋をなおした。

「去年の秋の晩でした。わっしは暗い川原をほっつき歩いて悩んでいました。思案に暮れて、川へ飛び込んでしめえてえとも思いましたが、やっぱり観音を彫りたかった。夜更けて帰ってみると湯殿に明かりが見えた。そして本当に偶然、わっしはおかみさんが湯浴みする姿を盗み見てしまいやした。」

「な、なんだとおっ。」

思いがけない展開に宗助は怒りに震え、千勢は真っ青になって口元を袖で被った。

「許して下せえ。許して下せえ。明け方の冷え込みで凍え死なねえものかと、朝まで川原に行って立っていましたが、凍え死ぬどころが、わっしの腕には熱い血がどくどく流れて石鑿を握れ、握れと命令しやした。それからわっしは命がけで彫りやした。彫りおおせたら、旦那とおかみさんに白状する覚悟は出来ていやした。」

「貴様ぁ、昔から千勢に邪《よこしま》な気持があったな。ああ、知っていたとも。俺は、てめえが千勢をこっそりと見ているのを知ってたさ。桑を摘んでいる時、米を研いでいる時、遠くからこっそりとだ。だがな、俺あ一度でもてめえを邪な奴と思ったこたあなかった。行き倒れを助けてくれた恩人と思って有難く思っているからだと思っていたよ。それがなんだとお、湯浴みしている姿を盗み見ただとお。そうしなければ観音が彫れなかっただとお。とんでもねえ下司野郎だ。許せねえ。許せねえ。千勢、千勢、聞いたか。こ奴を絶対に許しちゃあなんねえぞっ。」

宗助は袂に顔を伏せて俯いている千勢を庇うように仁王立ちになって玄次郎を睨んだ。

「旦那、おかみさん、わっしはははなから許しちゃもれえねえ覚悟は出来てます。観音を彫りおおせた暁には、わっしは死んでお詫びするつもりでした。」

玄次郎は、宗助を見つめながら懐に手を入れ、手拭いを巻いた石鑿を取り出し右手に握った。

「き、貴様、俺を脅す気かぁ。いいじゃあねえか、死んで詫びる気があるんなら見事死んでみろい。」

普断の宗助らしくもなく冷静さを失い、やくざ者めいた口調で吠えた。玄次郎が鑿を逆手に持ち替えようとした時、一陣の風が吹いて燭台の灯がはためいたかと思うと、千勢の白足袋が框板を蹴って土間に飛び降り、玄次郎の石鑿を奪い取り、再び框をかけ上がった。裾濃《すそご》の紫の晴着には夜目にも鮮やかな満開の桜が咲いていた。千勢は肩で荒い息をしながら石鑿を右手につかんで空にかざした。燈火のゆらめきに刃物が光った。二人の男は息を呑んで千勢を見た。

「黙りなさいっ。二人とも。」

千勢の低いが激しい一喝に、宗助と玄次郎は度胆を抜かれて口がきけなかった。

「みっともない。二人とも、落ち着いておくれ。」

鑿を握ったまま千勢が宗助に言った。

「あんたは十年前の春のことを覚えているだろうね。」

目尻が切れるかとばかりに目が見開かれ唇が震えている。

「十年前だとお……。」

宗助はおぼつかない表情で繰り返した。

「婚礼の夜、あんたが私に言ってくれたことですよ。『千勢は川の神が俺に授けてくれた宝物だ』と言いましたね。今でも川の神の恵みを有難く思っているんだろうね。玄さんは、観音を刻むための思案にくれて、夜な夜な川へ行きさ迷っていた。苦しさに川へ飛び込みたいとさえ思い詰めた。川の神は玄さんを不憫《ふびん》に思ったんだろう、私に姿を変えて玄さんに彫る力を恵んで下さった。いいえ、私ではないんだよ、私の姿を借りて川の神が力を恵んで下さったんだとは思わないかい。玄さんが邪な心でわざわざ盗み見をしたわけじゃないんだ。私は今日、桜の木の下にお立ちになっている観音様を拝んで本当に心が清められた。今ここで偉そうなことを言っている私だって今日、人を妬ましく思う罪を犯した。自分の夫宗助と石工玄次郎を妬ましく思った。私も私なりに苦労して力を合わせてきたつもりだったけれど、晴れがましい席で、あんたたち二人のように、お殿様からお誉めの言葉をいただくわけでもない。私だって男に生まれていたら、負けずになにかができて、あそこに三人で並べたに違いないと思うと悔しかった。でも、でも私は玄さんの話を聞いてわかりました。私もこの魚籃観音を造るにあたっちゃ、大切な役目を果たしたんだと。川の神の思し召しによって、私は玄さんに力を授けることが出来たんだと。玄さんは自分の醜い心を喰って腕を動かしたんじゃない。私がお前を動かしたんだよ。私は女に生まれてきたことを誇らしく思うよ。」

千勢は一気にここまで話すと、再び肩で息をした。刃物を固く握りしめたまま春の宵闇に咲く桜の化身さながらに、二人の男を見おろしていた。

「まあ、まてまて、まってくれ、まってくれ。」

宗助が千勢の背後にまわり、右手を押えた。

「そ、その鑿を離してくれ。」

千勢の指を一本一本解いて鑿を取り上げると帳場の机の下に隠した。

「千勢落ち着け、落ち着け。」

千勢は茫然として立っている玄次郎に言った。

「玄さん、こんな目出度い晩に刃物を持ち出すとはなんてことだい。なんでお前さんはそんなにも自分を卑しまなくちゃならないんだろう。卑しくない人間なんてまずいないんじゃないかい。だから人は人の力では及ばない清浄な世界を求めて仏の姿を拝み、悔い改め祈るんだと思うよ。人の心が卑しいからこそ仏の姿に癒され慰められるんじゃないかい。着物を着ていようが裸であろうが、男も人間、女も人間、みんな同じだと思うよ。」

次第に興奮が醒めたのか、静かな声になっていた。

「おかみさん、おかみさん、すいませんでした。すいませんでした。金輪際誓って言います。わっしは精一杯魂を込めて彫りました。おかみさんにもらった力を振り絞って彫りました。」

「それは玄さんの彫った観音様を見れば誰にでもわかります。私は人間の女だから、あのような尊いお姿には程遠いけど、たとえ一時でも、あのような慈しみの心を持ってみたいと願っていますよ。」

そして三人は、しばらく惚《ほう》けたように無言であった。

やがて宗助が落ち着いた声で言った。

「今夜の俺たちは三人とも、すこしおかしかったと思わねえか。常日頃の俺たちじゃなかった。なんというか、桶の箍《たが》がいっぺんに外れっちまったとでも言うんかなあ。だがさっぱりした。酔いも醒めた。俺はもう正気だぞ。千勢も玄次郎も正気になれ。三人が三人とも、力を合わせなけりゃあ、今日の誉れはなかった。これからも三人いなけりゃどうにもなんねえ。外は明るい月夜だぞ。三人そろって俺たちの魚籃観音を拝みに行こう。三人で力を合わせて造った観音様だからな。」

三人は月光の中を土手伝いに東竹院へ急いだ。境内は日中の混雑と晴れがましさが嘘であったかのように静まり清められていた。桜の花が白い天蓋となって観音の頭上にかかり、月光が漏れて観音を照らしていた。手を合わせて祈る三人の耳に絶え間なく、穏やかな水の音が響いていた。

26

魚籃観音は忍城主松平下総守からお誉めの言葉をいただき、その美しい姿が評判となった。忍城下や羽生、熊谷近郊の村々からも見物人が来た。宗助と玄次郎の仕事は次第に増えて、仏彫の注文も多く、二人はそれ等の仕事を誠実にこなした。宗助と玄次郎と千勢と三人が揃って成り立つ家業であった。宗助は秦家の並びを七軒ほど下った近い所に、家を一軒買った。百五十坪ほどの土地つきで、井戸もあり、家続きの土地は畑になっていて、菜園であった。土手沿いに細い水路があり、野菜などを作るにも便利である。そこを玄次郎の住居兼仕事場とし、弟子をとって親方となるよう勧めたのであったが、玄次郎は今までのまま、吹きさらしの養蚕所の一隅を囲って仕事をしたいと言うのだった。その代り、もしできるのであれば、自分の唯一の身内である弟一家をその家へ呼んでもらえないか、と言った。弟は秩父の寒村で鍛冶屋をしているが、この土地へ来ればもっと腕が振えると思う。弟が確かな仕事ができる職人であることは自分が保証する。自分は今後も家を持つつもりはないから、弟夫婦が来てくれれば心強く思う。玄次郎の話を宗助はすぐに呑んだ。久下鍛冶は古い歴史を持ち、鎌倉時代久下直光の武具職として活躍したのであったが、今となっては年老いた職人が一人、細々と仕事をしているだけであった。鍛冶には多量の炭が必要である。小川村へ帰った喜一郎が、これから久下の船着場へ炭を送ってくるという。石屋として名声を得て、商売も手広くやれる下地ができた。農具ばかりでなく日用品から、玉鋼を使った高級刃物まで造り、忍城の御用が務められたらどんなにかうれしいだろう。貸金業の方も需要が伸びてきて、担保なしには貸し出せないような五両、十両といった金額も珍しくなくなっていた。認可を得て質屋も兼業してゆかなければと、宗助の事業欲は果てしなく拡大していくのであった。

翌年、玄次郎の弟、常吉が妻はると三歳の息子政次を連れて、秩父皆野村から久下村へ移り、鍛冶屋を始めた。材料の炭や鉄、鋼はすべて宗助が仕入れ、注文も宗助がとってきたので、玄次郎同様、仕事一途なばかりで口下手な常吉は仕事に専念することができた。

その年、天保十年（一八三九）は秦家にとってこの上なく目出たい年となった。結婚以来十一年を経て千勢が身籠ったのであった。宗助と千勢はもちろんであるが、喜左衛門と津也の喜びようは大変なものであった。東竹院に多額の喜捨をし、魚籃観音に感謝の祈りを捧げた。

翌年天保十一年（一八四〇）の春、千勢が待望の男子を無事出産した。喜助と名づけられた。千勢と宗助の子にしては、すこし華奢に思えたが、色白の整った顔立ちをしたかわいらしい赤子であった。事業は脹らみ、跡取り息子は生まれ、秦家は日の出の勢いであったが、喜助がかわいらしさを増してきた年の暮に、喜左衛門が他界した。喜助と入れ替るかのような死であったが、津也と千勢に見守られた、満足そうな穏やかな死であった。

「宗助が喜左衛門の名を継ぎ、そして成長した喜助がまたその名を継いでくれる。私は死ぬのではない。私は私の子孫の中に永久に生き続けるのだ。今は静かに眠るだけだ。」

喜左衛門の臨終の言葉であった。宗助は寛大であった舅、喜左衛門の恩に応えなければならないと思った。秦喜左衛門の名を継ぐからには、決してその名を辱《はずかし》めない覚悟を持って生きなければならない。千勢を喜助を守り、家を繁盛させ、子孫を繁栄させ、子孫のために多くの財を貯えなければならない。そうだ、家を建てるぞ。たとえ川が溢れ、土手が決壊しても、決して浸水せず、流されない家だ。新川河岸の商人の家よりも、もっと大きく、高い家だ。土を盛り、石垣を築き、屋敷森で周囲を守る。大きな蔵を造ろう。黒御影で下壁を張り、何段もの石段の上に聳える純白の蔵、重い本瓦葺きの棟は青海波の透しで飾り、漆喰の白壁の上に黒々と會の印を掲げよう。

喜左衛門の死と喜助の誕生は、宗助に新たな責任と任務をもたらしたが、それは宗助にとって望むところであった。宗助は三十六歳、男盛りであった。

第三章　流れの果て

一

1

喜左衛門を襲名した宗助が、自らの決意を実現するまでに、十六年が必要であった。千勢が産んだ一粒種の喜助は十七歳になっていた。

今や秦家は、中山道沿い久下宿のほぼ中央北向きに、間口八間の千本格子を連ね、純白の文庫蔵を脇に据えた堂々たる店構えであった。間口の中央に客の出入口があるが、それは格子戸一枚を半分に区切った潜り戸で、客はこの小さな入口から身をかがめて出入りする。入ると半間幅の土間があり、すぐ前が帳場である。框板も床板も分厚い欅《けやき》材が木目を光らせている。右隣りの座敷は障子で仕切られているが、西側全面が丹漆《にうるし》塗りの戸棚である。頑丈な扉はしっかりと施錠され、保管庫の役目をしている。この戸棚も欅造りで、この家はすべて欅で普請されていた。その座敷と帳場の境に幅一尺に余る角柱が二本立ち上がり、二階建て瓦屋根の構造にかかる重量を支えていた。二本とも丹漆が施され、店に出入る人の姿を鏡のように映し出していた。その表座敷と帳場を鉤の手にめぐる土間の突き当りが台所で、土間を挟んだ帳場の左手が、白壁で仕切られた広い土間になっていて、さまざまな作業場や、倉庫になっていた。台所の右手、表の間の奥が中の間と呼ばれる仏間兼茶の間、その仏間の奥が庭に面した客間であった。高い角格子の欄間、天井板、幅広の長押などすべて丹漆で飾られ、南と東が縁側となり、帳場同様磨き抜かれた欅の木目が光っていた。客間と、仏間の裏側に、客用、家族用それぞれの厠があった。仏間から厠へ出る間の通路を西へ直進して二間ほどの渡り廊下を渡ると、文庫蔵であった。御影石の石段を三段登ると、入口である。厚い土の引き戸の奥に、分厚い木組で造られた扉があり、大きな錠前がついている。渡り廊下の左右は植込みになり、厠と穀蔵を目隠ししていた。

表から見ると、切妻で二層の瓦屋根を持った細長い構えに見えるが、裏から見ると、実は東西と南北に伸びる曲り屋である。奥、中、表の間と三つの部屋のうち、表の間だけが切妻屋根の下にあって、中の間、客間にあたる奥の間の屋根は、入母屋と宝形を組合わせた作りで、台所部分は曲り部分に片流れ屋根をつけている。客間と仏間の二つの部屋の天井は高く、二階はない。客間は吹抜け天井で高い欄間がはめ込まれ、仏間は天井裏に、太い木材が縦横に、人も入れない程に差し渡され、地震に備える構造となっている。宝形型の頂点に乗せられた雲瓦の下に、裃を着て畏まっている福助の絵が描かれ、福助の下瓦に喜の字が刻まれている。二階建ての穀蔵よりも更に高く聳える文庫蔵には黒の漆喰で會の文字が鮮やかに印された。裏の土手の上から眺める秦家は矩形の曲り家に何層もの瓦屋根が重層して連なり、植込みの奥に文庫蔵と穀蔵が首を出して、見事な眺めであった。建築中から建築後まで、土手の上で弁当をひろげる見物客もいた。

喜助は二年前に祖母津也を亡くした。喜助にとって祖母はほとんど母であった。父宗助と母千勢は常に忙しく、多くの人が出入りしていた。石屋、鍛冶屋を営みながら、金貸しと質屋も併業していた。農村での商業の発達は目覚しく、近隣の村々でも、瓦を焼いたり、綿布を織ったり、藍染をしたりと、副業とはいいきれないほどの生産をする者も出てきて、金融はこうした人々には不可欠であった。こうした時代の波に乗って宗助の事業は拡大し、成功し、その結果が、この大建築となって実を結んだのであった。祖母津也は建築が完成する前の年の冬に風邪をこじらせて亡くなった。それまで喜助は、津也とともに古い秦家の母家で暮らしていた。父と母は、今は玄次郎の家同然になっている隠居家で寝起きし働いていた。そんな両親を喜助は、祖母津也の懐に抱かれて眺めていた。父も母も大好きであった。子供心にも母は美しい人であった。きびきびと立ち働く姿は、その周辺を明るく照らしていた。喜助と目が合うとにっこり笑って、あめ玉や干菓子を紙に包んで持って来てくれた。また祖母津也は父喜左衛門宗助がどんなに偉い人かを喜助にくり返し語った。働き振りの良さ、才覚、決断の見事さなど、英雄物語のように話した。

「喜助もよく勉強して、お父っつあんに負けない偉い人になるんだよ。」

終りは必ずこの言葉で結ばれるのだった。その言葉は喜助にとって不思議であった。父が偉い人であるのに、自分まで偉い人になっちまうとはおかしいではないか、と思うのであった。偉い人は一人でいいんじゃないかと思えたのであった。祖母が亡くなり、大きな家がやっと完成し、古い母屋は跡形もなく取り壊された。新築の大きな家に、父母と喜助は移り住んだ。祖母の懐を失った喜助は、生まれてはじめて両親と一緒の屋根の下で寝起きすることになった。自分でも情けないほど緊張してしまうのだった。

新築完成の翌春、安政四年（一八五七）早春、忍城主松平下総守が、鷹狩の前夜、喜左衛門宅にお泊まりになることになった。荒川の川原の中に古城《ふるしろ》と呼ばれる所があり、中世の城跡らしく、小高い丘になっている。足にからみつきそうな野茨や低灌木でおおわれていて村人もあまり近寄らない所なのだが、その周辺がお狩場であった。喜左衛門宗助は忍城の御用も務めていたため、喜んでお迎えを承諾し、もてなしの準備に取りかかった。まず門を作らなければならなかった。騎乗のまま通過できる高さの屋根つきの門に、鉄鋲を打ち込んだ二枚開きの扉と大きな門がつけられた。藁屋の隠居屋は黒塀でかくし、客間の前まで馬で乗りつけられるようにした。

夕刻になると門前に高張提灯が灯り、喜左衛門は裃を着用して御到来をお待ちした。夜は祝宴となり、千勢も納戸《なんど》色の裾に春の草花を散らした三つ紋付を着て城主と対面することができた。それは喜左衛門宗助にとっても千勢にとっても、一世一代の誉れであり、子々孫々に語り伝えたい誇らしい一夜であった。新築の祝として一振りの小刀を御下賜されたのであった。

御一行は翌朝早暁に鷹狩にお発ちになった。手伝いに来ていた近所の男女に酒を振舞い、また宴会となり、緊張から開放されて、喜左衛門が珍しく酔って大声ではしゃいでいるのを、喜助は不思議な面持で眺めていた。父は五十四才であったが、すらりと伸びた長身は未だ老いを見せず、整った顔立ちも精悍であった。髪には半分ほど白いものが混じっているが、嵩はすこしも減っていない。それに比べれば、石工の玄次郎の髪はほとんど真白である。肌は脂気が抜けて青白くかさついている上に、猫背である。長いこと苦悩に耐えてきた囚人のようにも、枯れた大木のようにも見える。膳を前にしながら、一滴の酒も飲まず、無表情に座っている姿を見るのも恐ろしい気がして、なるべく視線を合わせないようにしているのだが、玄次郎は時々無遠慮に喜助の方をじっと見ていたりする。近在に二人といない名工であるとのことで、父も母も一目置いている存在なのだが、どうにも苦手な感じがする。玄次郎の弟、常吉はこれまた腕の良い鍛冶職人で、農具や鍋釜の鋳物から、砂鉄を使用した高級刃物、注文道具等をこなし、忍城の注文も常吉の技術があって得られるのであった。

そして母は、母は美しい人だと思う。だが一緒に暮らすようになっても、あまり母であるという実感がない。美しい伯母さんという感じというか、母より遠い、母より憧れる人といえるかも知れない。その母に、玄次郎は時々陰気な笑顔をみせる。なんか気に入らない気持がする。秦家繁栄の頂点にあって、一人息子喜助は多感な年頃であった。

2

喜助は素直で難のない男であった。学問もそこそこできたし、家業の算盤や走り使いなども、命じられればその都度無難にこなした。だが決してそれ以上ということはなかった。ほっそりした色白の顔立ちは整って上品であるのに、若者らしい覇気がないのだ。友達も多くはなく、ただ、鍛冶屋の常吉の息子政次とは仲が良かった。二人の性格はほとんど正反対であった。政次は三才年上であったが体格に優れ、十才になるやならずから父を手伝って、大きな皮の鞴《ふいご》を押す力があった。元気よく喧嘩っ早いし、冗談がうまい。だから半町先の常吉の家へは幼い頃から入り浸り、政次には兄弟のような親しみを持っていた。松平下総守の御来臨があった年が明けて喜助は十九を迎えた。

一月の末の寒い夜であった。階下の帳場脇の表の間で両親はもう眠っているようであった。また雪でも降るのであろうか、春も近いというのにいやに冷え込んでいる。寝ようと思って、ふと夕方、父に言いつかったことを忘れていたことに気がついた。向かいの地蔵堂の戸締りをしておくようにと命じられていたのだ。三月に地蔵堂の祭りがあるので、村廻りの絵師が廻ってきて、灯籠を張り替えて行ったのだ。そこに色鮮やかな絵と、ちょっとした狂歌などを書いてくれる。地蔵堂に泊まり込んで二日ほどでそうした仕事が終り、喜左衛門から賃金をもらって、夕方隣り村へ移って行ったのだった。喜助は二階の自分の部屋から出て、欅造りの梯子を降り、帳場の氷のように冷たい床板を踏んで、土間の草履を足でまさぐってさがした。階段も床板も、喜助の体重を軽がると受け止めて、みしりという音一つもたてなかった。提灯を持とうかと思ったが、往還を隔てた向かいの地蔵堂は、子供の頃からの遊び場であったから、錠を持って行って、手さぐりで施錠することは容易なことだったので、そのまま足音をしのばせて外へ出た。仕事場の土間から出て、門の閂の角材を静かに引き、門扉を少し開けて潜り抜けた。往還を横切って石畳の路地を歩くと、草履がひたひたと鳴った。星影一つ見えない暗い闇の中の、田圃に突き出した半島のような土地に地蔵堂が建っている。瓦葺きの屋根で、角格子のはまった本堂の奥には、六尺以上もある物言い地蔵が鎮座している。三月の祭りの日が御開帳である。軒に鰐口と打紐が下がっていて、大きな石の香炉が正面に据えられ、お堂の外には溢れるばかりにたくさんの石地蔵や、大小さまざまな姿をした観音像などが並べられている。玄次郎の造ったものも数多く並んでいる。石畳の冷たさが草履を通して足裏に伝わってきた。羽織った綿入半纏に首を埋めて地蔵堂の引き戸に近づくと、背後に人の気配を感じ、ぞっと水を浴びせられたような恐怖におそわれた。

（はあああ……。）

それは泣き声とも溜息とも聞える弱々しい声であった。地蔵堂前の石畳の上に何者かがうずくまっている。暗くてよくわからないが、小さな頼りなさげな体格が喜助の恐怖心を和らげた。

「誰だい、そこにいるなあ。」

声をひそめたつもりだったが、意外な大声になっていた。うずくまった小さな姿が、驚ろいたように跳ね起きて顔を上げた。若い女のようであった。顔はのっぺらぼうで白っぽい。輪郭がおぼろ気にわかるだけである。こんな夜更けに物乞の女か、それとも祖母の話に出て来る人を化かすおとかという化物の仕業であろうか。喜助が茫然として黙っていると女が小さな声で言った。

「あっちは、あっちは死んでしめえてえんだがね……。」

消え入るようなかすれ声でつぶやくと、激情にかられたのか再び石の上に伏すと声を殺し肩を揺すって泣き始めた。喜助はあまりの意外さに気が動転して、なにをどうしたらよいのかさっぱりわからなかった。しばらくは泣き伏す女の姿を見ていたが、気がつくとひどく寒かった。石畳に伏している女は、本当に凍え死ぬかも知れない。闇になれてきた目をこらして見れば、木綿の着物に半幅帯を締めているばかりである。地蔵堂の番小屋の中に灯籠用の油皿と火打石がある。手さぐりで中に入り、油皿と火打石をさがし、つけ木に火をつけ、使い残りの黒い油を吸い込んでいる燈芯に火をつけた。煙とともに闇の世界に光と影が生まれた。

「こっちへ入れ、本当に死んじまうぞ。」

ひそめた声でさそっても女は泣きじゃくるばかりで動こうとはしなかった。喜助は油皿を下に置き、女を背後から抱き起した。子供のようにか細く軽い体であった。番小屋の床の上に座らせようとしたが、すぐに二つ折になって、更に激しく泣き出した。

「なんでそんなに死にてえんだい。」

喜助の言葉に女は改めて驚いたらしく、顔をあげて、ぼんやりと喜助を見つめた。

「あんたは、あんたは誰だい……。」

「俺はこの前向かいの家の者だが、お前こそ一体誰だい。」

「喜左衛門さんとこの……。」

「そうだよ、喜助だよ。」

女はしばらく黙っていたが、乱れた髪をかき上げ、襟元を合わせるしぐさをした。

「あっちは、あっちは味噌屋の嫁だがね…。」

味噌屋の嫁と聞いて思い出した。つい先日鍛冶屋の政次とこの女のことについて話したことがあった。政次の家の前に味噌屋と呼ばれる家がある。夫を亡くした後家が丈吉という一人息子と住んでいるのだが、その後家の夫が、村廻りの味噌屋であったという。村々の農家を廻っては、一年分の味噌や醤油を醸造するのである。息子の丈吉は子供の頃の疱瘡が因で片目を失っている上に、鬼のような赤ら顔であるため、村内や近在の娘たちは嫁に来るのをきらった。そこで母親が、どこか知らないが遠い所から、貧しい家の娘を金で買って連れて来て、丈吉の嫁にしたという話であった。また親子そろって想像に余る吝嗇で、ひたすら金を貯めるためにだけ働いているという。小さいながら自作農だから、米、蚕、綿花と、金になるものはなんでもつくって、それなりに小金は貯まっているはずなのだが、その生活ぶりの貧しさといったら恐ろしいばかりだという話であった。喜助は、貧しい娘を金で買ってきて息子に与えたという話に、ひどく嫌悪を感じたものであった。

「姑が辛くあたるんかい。」

聞かれて女はすこし泣き声を低くした。

「あっちが馬鹿だから、なにをやってもおっ母さんには気に入らねえんよう。」

唇を震わせながら女が言った。女が話すところによると、あらまし次のようなことであるらしかった。

夕餉は朝炊いた飯の残りを茶漬で食べる。姑と夫の丈吉が食った後、釜に残ったのは、ほんの数粒の飯粒だけであった。その後夜なべに針仕事を命じられたが、裁縫の心得がないため、一つの継ぎを繕うにも長い時間がかかってしまった。冷たい板の間に座蒲団なしで座っていたため、体がすっかり冷えてしまった。今夜は風呂があったはずだと思って、湯殿に行ってみると湯桶は栓が抜かれ、空になっていた。驚いて家にもどろうとすると、入口の戸の桟が内側からしっかりと下ろされていて、びくとも動かなかった。家の中は真暗で、しんとしていた。これがはじめてというわけではないから、物置に入って莚《むしろ》の中にくるまって寝るつもりであったが、今夜はなぜかここへ来てしまった。ここにある高い冠をかぶって頰杖をつき、顔をすこし傾けている仏様に会いたくなった。去年のお盆に、はじめてこの仏様に会った。五つの時に亡くしたおっ母さんに似ていると思った。

「おっ母さんに抱かれて死にてえと思ったんだよ。」

そう言ってまた顔を被って泣いた。

喜助は不幸な女もいるものだと思った。

「そんなら腹が減っているだろう。待ってろよ。そのまんまそこで待っていろよ。」

明かりを持たずに、地蔵堂の戸口を閉めて外へ出た。味わったことのない高揚感が込み上げてきて、胸がどきどきし、熱い血が五体を駆けめぐるのを知った。台所の戸口を音をしのばせて開け、鼠入らずと呼ばれている戸棚を手さぐりで開けた。夕食の後片づけをしていた女衆のみつがお櫃の残飯を握り飯に結んで皿にのせ、戸棚に入れる姿がそれとなく記憶にあった。盗みでもしているようなうしろめたさ以上に気持が高ぶっていた。

地蔵堂にもどってみると女は泣くのをやめ、小さな手を油皿の焔にかざしていた。荒れた指であったが、赤々とした血の色が透けて見え、それが喜助を強く引きつけた。近づいて握り飯が二つのっている皿を、女の手をとってにぎらせた。まっ赤な血の色を見せていた指は、氷のようにつめたかった。女は素直に頷くと、大きな握り飯二つを、みるみる平らげてしまった。女は今度は喜助の手をとって、空になった皿を返しながら言った。

「あんたの手は温《あった》かいねえ。仏様の手は、こんな風に温かいんだろうねえ。」

そしてつと顔を上げると、

「あっちは生きることに決めた。どんなに辛くても生きてやる。死んだら負けだ。」

喜助ははじめて女の顔を見た。細面の淋しい顔立ちであった。眉も薄く、目も細くつり目で、鼻筋は細く通っていたが唇の薄さが貧しい印象だった。小さな濡れた瞳の奥に力が宿っていた。

「お前、名はなんていうんだい。」

「あっちゃあ、たけていうんだよ。つまんねえ名前だろう。でもいいんだ。あっちゃあ、もう死にてえなんて考えねえ。この大好きな仏様があっちに生きろって言いなすった。本当だよ。あんたがにぎり飯を食わしてくれた。もう恐いものなんぞねえよ。あっちは家へ帰るよ。物置の莚を二枚でも三枚でも敷いてくるまって体を温めてやる。おっ母さんがなんてったって知るもんかい。」

にこっと笑った淋しい顔の口元に、米粒ほどの小さな笑くぼが見えた。たけは小屋から出て行った。喜助は火を消し、油皿をもどし、戸締りをして家にもどった。たけの血の色の透けた指が残映となって閉じた目蓋の内に現われては消えた。翌朝、台所からみつのけたたましい声が響いてきて目が覚めた。誰かが昨夜の握り飯を食ってしまったと騒いでいるのであった。

3

熊谷堤の桜並木が、花吹雪を散らす春であった。地蔵堂祭りは三月二十八日である。この祭りが終ると村人たちは田畑に出て働き始める。秋の終りまで、養蚕に畑に田にと、絶え間ない戸外での労働が待っているのである。

喜助は日ごとにまぶしく光を増してゆく春の光を、こんなに喜ばしく思えたのは生まれてはじめてであった。今まで自分を取り囲んでいた暗い雲がみるみる晴れ渡ってゆく壮快な気分であった。幼い頃から祖母の津也に手厚く保護され、懐の中から世間をのぞき見ては怖がってピヨピヨと泣いていた自分の姿がおかしくてならない。

（今度は俺が世間に飛び出して、俺がどんな者なのか見てもらおうじゃねえか。）

と五体から元気が迸ってくるのだった。

梯子段を勢いよく駆け下りて中の間に行ってみたが、今朝にかぎって母の姿が見えなかった。お勝手へ行ってみると、女衆のみつが土鍋で粥を煮ていた。

「誰か病気なんかい。」

喜助がみつにたずねると、

「おかみさんがまた腹いたで……。」

と右の下腹部を押えて寝る真似をしてみせた。そういえば喜助の記憶に残っているだけでも、千勢が腹痛で寝込んでいたことは何度もある。大普請が終り、お鷹狩のため、城主の御成りがあった後は特に長かった。かかりつけの医師小澤潤庵から薬をもらい、十日ほどで落ち着いたが、疲れがたまっていたのだろうと、さして深く考えたことはなかった。

千勢は文庫蔵の中で、客用の絹の布団を敷いて寝ていた。厚い入口の戸を開け放ったまま、背を向けて伏していた。喜助が布団の足の方からぐるりと廻って顔をのぞき込むと、青ざめた顔ですこし笑みを見せた。

「おっ母さん、大丈夫かい。朝めしは食えそうかい。」

「ありがとう。みつが粥を煮てくれているから、あとで食べるつもりだよ。」

「医者を呼んだのかい。」

「いつもの病だからね、馴れているから。薬をもらって来てきちんと飲んで、二、三日すれば治るんだから心配いらないよ。」

「いつ頃からこんな腹いたがはじまったんだい。」

「そうさねえ、かなり昔からあったかも知れない。お前を産んだ後あたりからかねえ。でも、そんな事を気にする暇もなかったよ。若かったし、多少の痛みなんか気にもとめなかった。お父っつあんと玄次郎と私と、三人が達者でなければ何事もうまくはゆかなかった。私も自分から望んで思う存分頑張ってきたけど、やっぱり年なんだねえ、我慢の力が弱ってしまった。いつの間にか私も五十だもの。」

（母はもうそんな年なのか。）と喜助は驚いた。着物をきちんと着て、帳場できびきびと立ち働く母の姿は、働くというよりは蝶が舞っているように見えた。苦痛をこらえるとか、困難などとは無縁の人に見えたのだった。蔵の高窓から明るい春の日がもれて母の顔に反射している。額の生え際にちらちらと白い筋が走っている。化粧気のない青白い肌のそこここに濁りが見える。目蓋、目尻、口の端には細かな皺が刻まれている。父喜左衛門と名石工と呼ばれる玄次郎との間に入って、秦家をお城の御用達となるまでのし上げるためには、多くの苦労があったであろうと思った。喜助にはひらひらと遠くを舞っている蝶のような母ではなく、病んで化粧気のない、老いた素顔のままで横たわっている母を、何倍も好きで愛おしく思えるのだった。

「おっ母さん、これからは俺が働くよ。おっ母さんはゆっくりと養生しなよ。」

喜助の心の奥から出た息子らしいやさしい言葉だった。千勢が驚いた顔で喜助を見つめた。

「うれしいよう、有難う。いつの間にか大人になっていたんだねえ。私がお前をお祖母さんにあずけっぱなしにしていたように思って、恨んじゃいないかい。私は毎晩帳場をしめると、お前の寝顔を見に行って、時には朝まで添寝をしていたんだよ。お前は知っていまいがねえ。」

そして遠くを見るような目つきをし、やがてまどろむ様子だった。

父と二人だけで食事をするのははじめてであった。父も息子もなぜかすこし緊張して膳に向かった。だが喜助は、父に以前のような圧迫感を感じなかった。父の前に出ると、おはようございますと挨拶をするにも声が上吊って不自然な声になってしまうのであったが、今朝は腹から出るしっかりした声で、父に話しかけている自分に喜助は満足した。

「お父っつあん、俺にも仕事をさせてくれねえですか。おっ母さんのようにはいきませんがすこしは役に立ちてんです。」

喜左衛門は箸を止めて息子の顔を見た。なにかいつもと違う。青年らしい生気が顔と体全体に満ちていた。父に話しかける声や表情にも自信が見えた。

「そうか。やっとその気になったか。今までは忙しすぎて、お前を仕込むどころじゃなかったが、これからはお前の時代になるんだから、お前さえその気になってくれりゃあ、そんなうれしいことはないよ。さっそく今日からというなら、まず玄次郎の所へ行け。そして今度の東竹院の石塀の工事には私も使って下さいと頼んで来い。家は石屋で、鍛冶屋で、金貸しだ。金貸しが一番難しいのだ。金貸しを学ぶにはまだ早い。鍛冶屋へはちょくちょく行っているから、大方の様子は知っているだろう。玄次郎や他の人足と一緒にひと夏働いてみろ。仕事も知らなければならねえが、一番大事なのは人間を知ることだ。人間とはどういうものなのか知ることが大事だ。」

父と息子は親しそうに話しながら食事を終えた。

父と家業について話すのもはじめてのことであった。祖母の津也はよく実家の藤岡の話をしてくれた。嫁いでから何十年にもなるのに、夢を見れば藤岡の夢ばかりだと言っていた。

「それも娘時代の私が出てくる夢ばかりでね。大好きなお祖父さんと一緒に草刈りをしていると、お祖父さんが種々な草を一つずつ並べてその効能を教えてくれるんだよ。なに気ないそのあたりの、つまらなそうな草の一本一本まで、みんな薬になったり毒になったりする。お祖父さんは学のあるもの静かな人だった。やさしい人柄で私を心底かわいがってくれた。喜助にも、お前のお父っつあんにもお祖父さんの血が流れている。もちろんこの私にもだよ。喜助が私のお祖父さんの清三郎に似ていてもなんの不思議もない。」

よくそんなことを語っていた。祖母津也は、喜助を藤岡の人間と思いたかったのであろうか。それは祖母津也が喜助にかけた呪縛だったのであろうか。今や、その呪縛から喜助は解き放たれたと思った。自分は秦喜左衛門と千勢の息子であり、秦家の人間だ。今まで全く見えなかった父や母の生き様がすこし見えて来た。人間を知れという父の言葉に同感した。一月末の寒く暗い夜、夢のように暗闇の中で知り合ったたけという女の顔が目に浮かんだ。どん底まで追いつめられても泥沼の中から猛々しく立ち上がる闘志、か細いが、血の色を赤々と透かせていた冷たい指。健気に生きようとするたけの姿に胸が熱くなった。今朝、たけはどのような朝を過ごしているのであろうか。いつしかまた、たけのことに思いが至ってしまうのであった。

4

隣の石屋へ喜助が入って行くと、玄次郎はあっ気にとられた顔で框から立ち上がった。煙草を吸っていたらしい。伏せられた煙管からまだ煙が出ていた。

「おう、珍しい人が来たな。」

玄次郎がつぶやいた。

「お父っつあんが、今日から玄次郎さんに仕込んでもらえって言うんで頼みます。」

喜助がてれくさそうに言った。

「喜《きっ》ちゃんは俺がきれえじゃなかったのか。」

喜ちゃんと親しそうに呼ばれて驚いた。ほかに喜っちゃんと呼んでくれるのは鍛冶屋の息子の政次だけである。

「俺、お祖母さん子だから恐がり屋でね。お祖母さん子は三文安って言うだろう。玄さん恐い顔をしてるから。」

玄次郎は框に腰を下ろすと、ふふふ、ふふふ、と小声でいつまでも笑っていたが、再び煙管を取り上げた。

「三文安だなんて、自分で言ってりゃあ世話あねえや。そんなこたあねえよ。この俺がずうっと見ていたんだ。」

喜助も並んで腰を下ろした。

「俺のことを見ていたんかい。」

「そうさ。赤ん坊の頃なんかさあ、お前はよく熱を出してよう、ぴいぴいぴいぴい泣いてさあ、夜中に俺がお前をひっ抱えて、おかみさんと一緒に医者まで何度走ったか知れねえんだぜ。」

「そうなんかい。そりゃあ知らなかったなあ。」

玄次郎はうははは、うははははと笑いこけた。喜助は玄次郎の笑った顔をつくづく眺めた。笑い顔はけっこう愛嬌があると思った。そして玄次郎がどういう目で自分を見ていたのか察しがついた。かわいがっていいてくれたに違いない。だが臆病者の俺は玄次郎の外観を恐れて一人で怖がっていて、その愛情に応えるどころか、眼差しすら避けていたのだ。

しばらくして玄次郎が言った。

「石工になる修業に来たんじゃねえんだろう。」

「面白けりゃあ、なってみてえなあ。」

喜助の答を聞いて、また玄次郎は大笑いした。

夕方、久しぶりに鍛冶屋を訪ねた。斜め向かいに味噌屋がある。柊《ひいらぎ》の生垣がある一戸建てである。小さな母屋と、その横に物置がある。二つの藁屋から離れた生垣よりに、釣瓶井戸がある。人影は全く見えなかった。まるで空き屋のような虚しさがただよっていた。

鍛冶屋は朝早いが、夕のしまいも早い。もう風呂上がりで一杯飲んでいた。父の常吉と息子の政次が膳を並べていた。常吉と玄次郎は兄弟だがほとんど似ていない。その代り息子の政次が玄次郎によく似ているのだが、二人の性格が正反対なので、誰も彼等が似ていることに気づかないのであった。

「おうっ、喜っちゃんいい所へ来たなあ。お前も飲んでいい年頃になったろう。」

「政次、馬鹿いうな。」

常吉が息子の軽口を叱った。

「おじさん、お城からの注文の大釘ですがね。数が増えるそうですが間に合いますかね。」

「間に合わせる外《ほか》あるまいね。」

「俺の頑張り次第だなあ。今じゃ、俺の方が親父さんより腕が上だからよう。」

政次がひょうきんな身振りで言った。

「馬鹿野郎。」

常吉は笑いながら膳を持って、

「まあ、ゆっくり話して行きな。」

と奥へ引っ込んでしまった。

西日が差し、荒川の向こうに美しい夕焼が現われていた。川の音がひそかに聞える。庭先から土手まで続く畑も黒々ときれいに耕されて、鮮やかな青菜が行儀よく並んでいる。

「政ちゃん、話は変わるがなあ、さっき味噌屋の前を通ったけど、まるで空き家みてえにしんかんとしていたぜ。」

それとなく味噌屋を話題にした。すぐに政次が反応してきた。

「そうだろうよ。あの家にゃなんにもねえもの、音なんぞ立たねえさ。家財道具ったって、ひびのへえった茶碗と箸、ほかにゃ飯炊きの釜一つってところさ。鍋さえあるめえよ。」

「まさか。」

「本当さあ、喜っちゃんは知らねえだろうが、世の中にゃあ、そういったどん底の生活ってのもあるんだぜ。」

「また喜っちゃんは知らねえだろうがかい。」

「本当だからさあ。物を知らな過ぎるのは良くねえよう。お祖母さんがひっ抱えて離さなかったから今までは仕方ねえがよう、これからはもっと勉強しろよ。」

「うん、俺もそのつもりだ。」

政次はぐいぐいと上機嫌で酒を飲みながら大声で笑った。鍛冶屋は火と鉄を相手の仕事だから、十分な水分と栄養、それに睡眠が必要なのであった。

「本当に喜っちゃんは拍子抜けするほど素直だよなあ。それに比べて、あの女《あま》の憎ったらしいことといったら。」

「あの女って？……。」

「味噌屋の嫁御さあ。いやね、昨日の夕方のことだがな、俺たちがこうやって飲んでいたらさあ、ばたばたって走ってくる足音がしてね、そこの脇の土手に行く道を、あの女が駆けて行くわけさ。するてえとその後を、あの女の姑婆さんが鎌を振り廻しながら『殺してやる』なんてわめきながら追っかけてくるのさ。ところが婆さん年寄りだし大興奮しているもんだから、息が切れてぜえぜえしている。嫁はすこし離れたところで、薄ら笑いしながら道端に座って草なんかむしっている。また婆が追いかけると、土手の中腹に腰を下ろして高みの見物さ。婆さんが悪態をつきながら引き上げると、しばらくぼんやりと空を眺めていたけんど、そのうちに不敵な笑いを浮かべ、舌を出してからゆるゆる腰を上げて帰って行ったっけ。あの姑婆さんもすごいが、嫁の女はそれ以上にすげえよ。」

「政ちゃん、その女《あま》ってのは良くねえよ。せめて女《おんな》って言いなよ。」

「なんだい喜っちゃん、よせやい。お前、あの手の女が好きなのかい。やだねえ、色気づいてさあ。だったら言っておくがなあ、みつには手を出すなよ。」

「なんでさ。」

「なんでさあって、わかんねえのかよ喜っちゃん、俺の言ってる意味がよう。俺はなあ、みつと一緒になって世帯を持ちてえのさあ。味噌屋の嫁みてえな、子供のようにぎすぎすで狐目の女じゃねえぜ。みつはふっくらしていて、しかもまん丸い目をしているぜ。」

喜助は、けたたましい声を出すみつのどこが好きなんだろうと思ったが黙っていた。それを良いことに政次は女について総論し、要するに女を上中下に分類し、上は喜助の母千勢であり、中がみつであり、下が味噌屋の嫁なのであった。それから昔話になり、子供の頃はじめて千勢に会った時、懐紙に包んだ飴玉をもらったこと、その美しい色や香りの甘さ、未だに忘れられない、などといつまでもくだを巻くのであった。

政次の家を去る刻限になっても、春の陽がのびたせいか未だ残照があった。味噌屋の母屋の奥に乏しい明かりが薄く灯っていた。井戸端で水を汲む音がする。生垣越しに見ると、たけが手拭を被って井戸水を汲んでいた。たけがこっちを見た。二人の目が合った。喜助はたけがすこしほほ笑んだように思えた。喜助もすこしほほ笑んで、そのまま通り過ぎた。一月末の寒くて暗い地蔵堂での一夜以来、はじめての出会いであったが、喜助は、あの夜以来、自分もたけも以前とは別の人間になりつつあるのだと思った。

5

その夏、喜助は玄次郎のもとで働いた。東竹院の建物と墓を守るための堅固な石塀を造る仕事であった。檀家はもちろん、忍城主からの寄進もいただき、川側の南と、湧水池側の西側を大谷石で囲むのであった。力仕事に汗を流したことのない喜助にとってはきつい仕事であったが、経験したことのない、労働からくる充足感をはじめて知った。玄次郎の弟子たちと一緒になって、車も引けば石も切った。石を裁断する仕事は特に面白いと思った。玄次郎はたよりなさげな喜助が、慣れない仕事に熱心に取り組む姿を意外に思った。精緻な石の裁断や、大きな石を持ち上げる滑車と鉄の鎖の操り方も呑み込みが速く、丁寧で慎重な仕事振りであった。裁断された石を滑車と鎖で積み上げてゆくには熟練を要する。石は固いように見えても、打ちつけたり、落下させたりすればすぐに砕けてしまう。ほんの一隅が破損しても、その石は使い物にならなくなってしまう。喜助はその困難な仕事に意外とはやく慣れ習得した。息をつめて鎖を操る喜助の横顔は、昔の宗助時代の喜左衛門を、彷彿とさせるものがあった。

（やっぱり宗助の子だなあ。）

玄次郎は心の中でつぶやいてしまうのだった。

喜助もまた玄次郎に対する見方が変わっていた。怖《こわ》らしい変わり者の隣りのおやじではなかった。無表情で武骨に見えながら、実は繊細な感性と美意識を持っていて、それを表現する腕を持っている人なのであった。地蔵堂に納められている観音像にしてもそうだ。粗末な砂岩で彫られた二尺余りの小さな像であるのに、なんにも知らないたけのような女でさえ、強く引きつけられるのだ。それはたけが苦しみ悩んでいたからだ。そうした悩める者の心に応えてくれる慈愛に溢れているからだろう。あの像も玄次郎が彫った半跏思惟像なのだ。一見冷たく無表情な石から、玄次郎の腕に握られた鑿一本で、人の心に慰めや平安をもたらす表現が出来るのだ。

そしてまた一方で、この石塀についていえば、ただ石を積むだけの作業のように思えるが、実は石と石の組み合わせ方にさまざまな計算が施されていて、美しくしかも堅固に仕上がってゆく過程を見ていると、感動せずにはいられない。

(石って物は不思議だ。人の手にかかるとまるで命を吹き込まれたかのように表情豊かになる。知りたい。もっともっと教えてもらいたい。玄次郎さんの弟子になって勉強したい。)

旺盛な知識欲が先立って、疲れというものも知らなかった。喜助は真夏の炎天の下で石と格闘した。春いっぱい、腹部の不調でぐずぐずしていた千勢も、夏になるとすっかり元気になり快活さをとりもどし、帳場や土間で、きびきびと人を指図するようになっていた。喜左衛門、千勢、玄次郎に若い喜助が加わって、秦家は充実した結束のもと、幸せな夏を過ごしたのであった。

6

寺の石塀が完成して間もなく、川は氾濫の季節をむかえていた。秋が深まった頃、洪水が一つ去って、未だ増水が引き切れないというのに、次の洪水がやって来たのだった。風もないのにやたらと雨が降り続き、雨だけで終るのかと思ったが、やがて風が強まると同時に雲が忙しく動き出し、丑寅（北東）から秩父の山々へ向かって突進して行った。山々の姿は黒い雲の中に隠れ、不吉な予感がした。ここ数年大きな水害には見舞われていなかったが、人々は不安を口にせずにはいられなかった。東竹院の魚籃観音様のお顔が曇っているとか、白い蛇が波の間を泳いでいたとか、さまざまな噂がひきもきらなかった。風の強まりと同時に水嵩はぐんぐんと増し、桑畑をなぎ倒しながら土手の下まで迫ってきた。

「こりゃあ、只事じゃあ済まねえぞ。」

人々は慌しく洪水に対する備えをしなければならなかった。

半鐘が忙しく鳴った。喜左衛門宅の台所で炊き出しの飯をたいていた女たちは、その数をかぞえた。五連打であった。七連打になる前に沢山の握り飯を作り、水防にあたっている役人や若者たちに届け、またそれぞれの避難先にも持ってゆくのだ。五升炊きの大釜が二つ、激しく蒸気を吹き上げ、天井の煙出しから逆流する風に押されて渦を巻いた。瓦にあたる雨粒の音は、藁屋根に住み慣れている女たちの耳に、雷鳴よりも恐ろしく響きわたった。

久下村は洪水があって当り前の土地柄であったから、小さな藁屋根の家でも、名ばかりの二階建が多い。だが屋根が軽いため、ひとたび土手が決壊すれば、土台ごと浮き上がり、流されてしまうことがあった。

切妻の破風が風を切って激しい唸り声を上げていた。二階のない家は、それぞれの知り合いや身内で二階を持つ家に渡りをつけ、避難先を確保していた。またそれを頼まれて断る者はこの村にはいなかった。喜左衛門宅の二階は、まさにそのために作られた方舟《はこぶね》であった。梯子は欅材の丹漆塗りであったが、固定されてなく、階上に引き上げることができた。その梯子を引き上げた一畳半ほどの空間には、いよいよとなれば、床材と同じ欅材の上げ蓋がぴっちりと嵌め込まれるのだ。天井を東西に、荒削りの太い丸太が一直線に走り、南北にそれを支える丸太と交叉し組み合わされて、大きな切妻の屋根を支えている。鉤の手に突出した曲り部分にあたる仏間の天井裏は、人のはい込む隙間もないほど縦横に太い木組みが重なり合って、屋根の重量を支えている。

炊き出しの手伝いに来た女たちが連れて来た子供たちや、喜左衛門宅を頼って避難して来た近所の人々で、二階の板の間はごった返していた。子供たちはにぎやかにはしゃぎ廻っていたが、破風の風を切る音が激しくなると、さすがにおびえた様子でおとなしくなった。また半鐘が鳴った。七連打であった。女たちは火の始末をして、家に帰る者は帰り、二階へ上がる者は上がった。まだ七つ（午後四時）前だというのにすっかり暮れていた。とうとう九連打となった。喜左衛門が合図をすると、女も子供も力を合わせて梯子を引き上げ、上げ口を上げ蓋で塞いだ。子供たちは母親にすがって息をひそめていた。まっ暗闇な方舟の中に風の音、雨の音、半鐘の音が混じり合って異様な緊張が生まれた。

「土手が切れるぞう……。土手が切れるぞう……。」

風に吹きちぎられた甲高い男の声が、村中に流れた。土手の上を走りながら叫んでいるらしい。そしてごおっ、ごおっという地震の地鳴りに似た音がしてから、どっかあんと爆発音がして、大きな家がゆらゆら揺れた。女たちは我が子を胸に抱きしめてひいっと悲鳴を上げ床に伏せた。

「来るぞっ。」

喜左衛門は一言さけぶと、北側の武者窓の板戸を細く開けて、眼下を走る中山道を見下ろした。風雨の音の彼方から、不思議な音が近づいてくる気配があった。めりっ、めりっと何かを踏みしだきつつ近づいて来たのは、白い牙をむいてのたくる濁流の大蛇であった。

「来たぞっ。」

喜左衛門の声に全員が悲鳴を上げた。千勢は喜左衛門の腕にしがみつきながら、それでも外をのぞいた。大蛇は秦家の前で頭を二つに裂き、一つは中山道をそのまま下って行き、一つは地蔵堂に向かって突進していった。

「ああっ。」

千勢は目をつぶった。お堂が一飲みにされる予感に耐えられなかった。

「千勢、目をあけろ、目をあけろ、大丈夫だぞ、お堂は無事だぞ。」

喜左衛門の声に千勢が目をあけてみると、水は地蔵堂前の大香炉にはばまれて頭を砕かれ、左右の田の中へ滝となって流れ落ちていた。

7

久下村は江戸寄りから、下分、上分、熊久分に分かれている。喜助は鍛冶屋の政次等上分地区の若者たちと、渡し場の側の土手を守っていた。東竹院の二町ほど先が瀬替えによって荒川の流れが急転させられた現場であるため、その反動で川が反転し蛇行し、再び土手に最も近づく場所がこの渡し場なのである。土手には九頭竜様が祭られ、秋には灯籠が灯されて川を宥めているのも、その危険度の高さを語っている。もちろん熊久地区の瀬替現場は、内側に湧水があり、葭《よし》原の湿地帯になっているから、ここは更に危険な所であった。だから水防小屋があり、土嚢が常備されていた。そこは熊久地区の若者や役人が守っている。どちらの現場も土嚢が高く積み上げられた。土手は流れの水圧できしみ、土嚢の隙間から水が走り出す。この走り出した水によって、内側の土手斜面が水分を含んでしまうと、土手は内と外から浸蝕され決壊してしまうのである。笠も合羽も役にはたたない風雨の中で、村人たちは家と家族を守るために死に物狂いで力を尽くした。その果てしない闘いが終る時が来た。きしんでいた土手の奥から地鳴りが響き始めたのだ。もうなす術はなかった。水漏れの激しい土嚢から離れて、喜助と政次は一目散に土手の上を走った。間もなく、背後から地震のような揺れが伝わってきた。

(もうだめだ。)

後をふりむく余裕もなかったが、頭の中にはさまざまな思いが浮かんでは消えた。喜助は父と母の顔を思い浮かべた。自分が死んだ時の二人の悲しみを思うと、胸が押し潰されそうであった。次にたけの顔が浮かんだ。血の色を透かせた細い指が脳裏をかすめた。苦しさに息が切れてぬれた草の中に倒れ伏した。何人もの人の足音が走り過ぎて行き、草の匂いが伏した顔をつつんだ。

(これが俺の最後だ。)

濁流の中に呑み込まれ、浮き沈みする自分の姿が目蓋の中に見えた。

「熊久が切れたぞ!」

政次が喜助を抱き起こして言った。

「ここは助かったぞ、切れたのは熊久の土手だ。」

皆が皆、口々に叫んでいた。土手の天辺すれすれまであった水が急激に引き始めた。渡し場の土手は守り抜けたのだ。だが四町ほど上流の決壊場所から溢れた水は、すぐに上分地区を襲ってきた。家も田も畑も道路も、信じられない速さで濁流に埋もれて行った。

喜助は土手の上を夢中で走った。東竹院の石塀が気になったのだ。この夏から秋にかけて、玄次郎やその弟子の職人たちとともに、心血を注いで作り上げた喜助の初仕事であった。濁流は寺に近づくにつれて深さを増していた。家々の屋根が水中に浮いているように見えた。寺は無事だったが、本堂の正面階段まで水没していた。魚籃観音の台座も水に呑まれたが、白亜の像は濁流の上に浮かぶ蓮の花のように、静かな姿で立ち上がっていた。そして塀はどうか。土手の中段まで駆け降りて目を凝らし水面を透かして見た。石塀の石積が整然と鉤状に連なって墓地を守っていた。

（よかった、無事だったか。）

安堵の溜息をついて思わずその場にすわり込み、水を区切る鉤状の石塀の美しさに見惚《みと》れていると、胸まで水につかりながら、石塀に沿って誰かが歩いているのに気がついた。白髪頭にがっちりした肩つきで玄次郎とわかった。

「玄さあん、玄さあん、俺も今そこへ行くよう。」

首を上げた玄次郎が激しい手振りでそれを制した。

「だめだ、だめだ。来ちゃあなんねえ。塀は大丈夫だ。一ヶ所だって破れちゃあいねえ。俺もそっちへ行くぞ。」

土手の際は深くなっていて、玄次郎の背さえ立たなかった。頭までぬれねずみになって土手に這い上がり、喜助と手をとり合って大笑いをした。

二人が喜左衛門宅に帰ってみると、もう梯子が降ろされていて避難した人々は帰って行った後であった。千勢とみつが飛び出して来て、喜助と玄次郎の無事を喜んだ。喜左衛門に寺の石塀が立派に寺と墓を守ったことを告げると、喜左衛門は大きくうなずき、満足の笑みを浮かべた。だがそれ以上に喜左衛門は自分が働きぬいた精華として建設したわが邸宅に満足していた。濁流は高い石垣にはばまれて建物に侵入することができなかった。大きな白漆喰の文庫蔵は無疵であった。近隣の多くの人々を母屋の二階に避難させることができた。その威力を十分に発揮したといえた。

「もう恐いものはないぞ。子々孫々までこの家がある限り秦家は安泰だ。」

喜左衛門は宝形造の屋根の頂点に描かれている福助と喜の字を見上げながら思った。

(あとは喜助に嫁をとるだけだ。)

満足と自信に満ちた表情で、喜左衛門は家の隅々まで見てまわった。

8

水害の後始末にも久下村の人々は慣れていた。家屋に入った泥をかき出し、井戸水で床を洗い流す。二階に避難させていたわずかばかりの家財道具や鍋に釜、米、豆、味噌や醤油などを降ろしさえすればよかった。水さえ確保できれば、どうにか家族が一日を過ごせる。秋遅くの台風だったので、農作物や養蚕への打撃はさほどではなかったが、多くの家が修繕を必要とした。大方は隣近所で助け合ったが、藁屋根の葺き替えは屋根職人でなければどうにもならない。またやはり大工や左官の手も頼まなければならなかった。そのため冬場は特に副業に精を出して現金を稼がなければならない。村人たちは喜左衛門に金を借り、さまざまな内職に投資した。祭の市に露店を出す者、絵馬描き、付木作り、川漁、人足、冬の仕事はさまざまであった。

そして再び春がめぐってきた。三月二十八日は地蔵堂の灯籠祭りであった。喜左衛門宅前の地蔵堂を中心にして、久下村上分地区の中山道沿いは、灯籠のゆらめきに包まれていた。御堂の参道脇に、雑多な露店が並び、子供の喜びそうな飴玉や駄菓子、お面や風車など、そして娘たちのための色鮮やかな小間物、いかにも安物らしくはあるが、かわいらしい色や柄が人気を呼ぶ。子供も大人も冬の寒さから解放され、暖かな春のしめった空気を楽しみ、浮き浮きとした賑わいであった。向こうの暗闇で癇癪玉が破裂した。若い男の蛮声に続いて娘たちの悲鳴が交錯する。この土地は、新川河岸に集まる人足たちが宿をとるので、関東一円の村々の中でも、言葉遣いや風俗が荒々しい。その上、昨年秋の熊久の土手の決壊場所を修復するために、更に多くの人足が集まっていたから、鰻の寝床のように細長い久下宿の中心部にあたる上分地区の祭の夜は、賑わいと同時に不穏な空気も流れていて、それを楽しみにしてかどうか、平年に増して活気と喧騒に満ちていた。

御開帳の地蔵尊の隣りの番小屋の戸が開け放たれ、人だかりがしている。一段と明るい提灯が軒端に数多く下がり、旅籠兼居酒屋の水月楼の主人の浄瑠璃が始まるようであった。紋付袴の男が、開け放った小屋を舞台に見立てて登場し、太い三味線の音がべんべんと響いた。

喜助は二階の北側の窓から、そうした賑わいを覗いて見ていたが、盛大な拍手が湧き起るのを聞いて、人だかりのうしろからでも見物しようかと、着流しのまま表へ出た。露地は、浄瑠璃の潰れた大声と、物売りのやかましい呼び声、お参りする人の投げる小銭の音や、鰐口を叩く音でごった返していた。

人をかきわけて歩いていると、誰かに袖をつかまれた。驚いてふり向くと、たけがすぐうしろに立っていた。人の顔の高さで揺れている灯籠の明かりがたけの顔を照らしていた。相変らず粗末な縞木綿を着て、色あせた半幅帯を無造作に結んだだけの姿であったが、やはり若い女の顔であった。喜助はどきっとした。昨年の夏から、玄次郎について石屋の仕事を学ぶことに熱中し、たけのことはほとんど思い出さずにいた。この冬は荒い砂岩で一尺程の小さな地蔵を彫ることに熱中していた。未だ泥人形のようなものにしかならないが、熱中すると時間がたつのも忘れてしまうのだった。だが、あの秋の洪水の日、自分が死ぬと思った瞬間、脳裏に浮かんだたけの顔と、血の色の透けて見える指の記憶はしっかりと心の奥に仕舞われていた。

喜助は懐かしい人に会ったように、たけを見つめてほほ笑んだ。たけも喜助を見上げながらほほ笑んだ。

「元気にやってっかい。」

うんと頭で頷いた。細面に釣り目であるが、笑うと口の右端に米粒のような小さな笑くぼができ、八重歯がにゅっと突き出して下唇に引っかかりそうになる。淋しい顔立ちだが可憐だと喜助は思った。

「あんたも元気みてえだね。すっかり日に焼けて色が黒くなったじゃねえかい。そうそう、おみっちゃんが呼ぶみてえに、若旦那って呼ばなくちゃなんねえかい。」

「そんなこたあねえさ。喜助さんでいいよ。」

「寺の塀を夏中造っていたんべぇ。」

「ああ、よく知ってるなあ。」

「あっちゃあ、夏中毎朝、籠を背負って草刈りに行かされるんだ。寺の前の土手で草を刈りながら、時々休んじゃ塀造りする喜助さんを見ていたよ。」

「へえ、そうかい。気づかなかったなあ。」

喜助は恥ずかしそうに頭をかいた。

「お参りに来たんだろう。」

「ああ、けんど人混みがひどくてね、仏様の前まで行けそうもねえのよ。」

「ようし、俺もお参りに行くところだ。俺について来な。俺の袂をしっかりとつかんでいろよ。」

喜助は自分でも驚くほどがむしゃらに、人混みの中をぐいぐいとかき分けて進んだ。たけが必死に袂につかまってくるので、たけの体の重みが喜助に伝わってきた。

「なにを押しやがるんだよう。いてっ、無茶するんじゃねえや。」

喜助に押された男や女が怒声を浴びせかけてきたが、それさえ妙に楽しいお祭り気分であった。ようよう御開帳前の賽銭箱前にたどりつき、賽銭を投げ込み、手を合わせてから、背後を見ると、たけの姿がなかった。驚いてあたりをさがしてみると、たけはお堂の脇にある思惟観音の前にうずくまって祈っていた。喜助は立ったまま、うずくまったたけの小さな背中を人混みから守るように立った。

「観音様、観音様、あっちの命を助けてくれて、有難うございました。あっちはもう、二度と死にてえなんて思わねえです。恐いものなんぞありません。助けられた命を大切にします。姑にも亭主にも負けねえです。観音様があっちを守っていてくれるから、恐いもんなんかなくなりました。」

たけの祈りとも誓いともとれる言葉だった。喜助はたけをかばうように並んで観音像の前にかがみ込んだ。

「お前にはじめて会った寒い夜のことを、おぼえているだろう。俺もあの夜以来、すこし変わったよ。お祖母さんの懐の中から黄色い嘴を出してぴいぴい泣いているひよっ子だったから、世の中恐いものだらけだったけんど、世の中は考え方次第だと知った。恐いと思えばなんでも恐いんだ。恐くないと思って体当りしていく勇気を持つことだと思ったよ。」

「あっちは勇気が持てたよ。もう逃げたりしねえ。よく考えてみりゃあ、うちの姑なんぞ、気の毒な人だとさえ思えてなんねえ。金、金、金。金をうんと貯めてえんだとさあ。人間あの年になりゃあ、そうそう長く生きられるってもんでもねえのにさあ。ううんと金を残して死にな。あっちが思いっきり遣ってやっからさあ。」

笑ってちらりと舌を出して見せた。

「そうだそうだ。その意気だよ。」

喜助が笑いながらそう言った時、

「喧嘩だ、喧嘩だあ。」

と大声がして、浄瑠璃の前の人だかりはにわかに色めきたち、狭い路地の中で渦を巻いて反転し、声のする方へ動いて行った。新川河岸の人足と熊久の工事現場の人足が、上分の飲み屋水月楼の女を争って喧嘩で決着をつけるという話が数日前から噂されていた。

喜助とたけは踏み潰されそうになって立ち上がったが、たちまちもみくちゃにされて人波に押し流された。たけが喜助の袂をしっかりとつかんでいたように思ったが、気がつくと喜助一人が人混みの奔流から放り出されて、秦家の門扉にいやというほど背中をぶつけていた。たけの姿はいくらさがしても見えなかった。興奮とたけへの思いが一緒になって、胸がしめつけられるように苦しかった。

9

熊谷宿の東端にある久下村の商人、秦喜左衛門の息子喜助との縁談があることを知らされて、美和は憂鬱であった。今年もまた、縁談話の季節になった。秋が深まるとともに話はとんとん拍子に進行する。相手方の父親が客となってさり気なく美和を検分に来る。そして熊谷一の美庭を持つ星川亭でそれとなく見合をする。東屋などで、すれ違いに行き交ったりして、ほんの一目だけ相手を観察するのだ。そして、その後は決まって理由らしい理由もなしに、うやむやになってお流れになるのであった。今回で何回目であろうか。美和の方から気が進まないこともあるが、いつのまにか話題にもならないで立ち消えに終ってしまうのであった。乳母のたつが言った。

「片田舎の成金商人との縁談に耳を貸すなんて、旦那様もひどいことをなさる。旦那様が曙町にばかり行ってらっしゃるから、お嬢様がお一人で家を守り、隆一坊ちゃんをお世話なさり、お嫁様を迎えるまでにお育てしたのに。とたんに出て行けがしに身分の低いお相手と知りながら話を進めてしまわれて……。たつは絶対に納得いたしません。」

髪結が来て控え目な島田髷に結った。二十を三つばかり過ぎている美和は振袖を着る気になれず、縹《はなだ》色地に、裾と袖に小菊をあしらった小袖を着、花菱紋綾錦織の帯を文庫に結んだ。たつは着付けの出来を確かめるように美和の廻りをまわりながら目を細め、その美しい立ち姿に見惚れた。

「まあまあ、なんとお美しい。まるで浮世絵から抜け出したお姫様でございます。お美しく、お上品で……。石や鉄や炭を商う成金風情に嫁がれるお方ではございません……。」

涙声になるたつの気持も理由のないことではなかった。熊谷の西部一帯は、松岡家の土地を踏まずには通れないと言われるほどの大地主、松岡助右衛門の長女として生まれ、何不自由なく育った美和であったが、十五歳で母を亡くした。以来父は妾宅に入り浸りになり、家庭を顧みなかったので、美和は十五歳で松岡家の主婦となり、三歳年下の弟隆一を世話しなければならなかった。昨年、その隆一が、村内の小地主の娘と好き合って結婚した。松岡家の相手ではないと、美和は大反対であったが、父助右衛門は、あっさりとそれを許した。その後、にわかに家の中の納まりが悪くなってきた。隆一の嫁が、なにかにつけて美和の言葉を気にかけ、隆一に告げ口をしては泣くので、隆一が姉に抗議するという具合であった。美和にしてみれば、松岡家の舅である父が留守がちなので、自分が姑代りとなって弟の嫁を松岡家の人らしく教育する責任があると思ったのだが、それは決して良い結果は生まなかった。美和は弟夫婦の憎まれ役となってしまったのだった。父助右衛門は、一日も早く美和を嫁がせて気楽な隠居となり、妾宅で好きな音曲という道楽に没頭したいと思っているのであった。

美和は思うのだった。

（私は美しい、きれいだと言われ続けてきた。だがこの頃では、本当だろうかと私自身怪しんでいる。この年になるまで、付け文一つされたことがない。稽古仲間の誰彼が、町の商家の若旦那に見染められ、付け文されたとか、人を介して嫁に望まれたとか、大騒ぎしていたが、なんの興味もなかった。その辺の商人の嫁になるなど全く私には問題外であった。だが、十九の年、さすがにこれは良い縁だと、人も言い自分でも納得した縁談を逃した時は、はなはだ心外であった。それはなぜなのか。美しいけれど、嫁に望まれない女とは、私は一体どういう女なのであろうか。）

美和はこれまで何度も自問自答してきたのだった。

（私はかわいらしさのない女なのだ。男を引きつける愛嬌がない。そういうことにとても不器用なのだ。色が浅黒いし、斜視があるから人を横目で見下したように見つめるくせがある。髪も茶色っぽくて嵩が少ない方だ。だから髷も小ぶりになって色気が出ない。亡くなった母の言葉に思いあたる。「この子はほんとうに口べたで愛嬌のない子だねえ。」実の母がそう思うのだから、まして男から見たら……。）

美和は自分を扱《こ》きおろしている自分に嫌気がさした。男に好かれなくたってかまうもんか。男なんてみんな大嫌いだ。道楽者の父、薄情な弟隆一、気位の高い女と恐れをなして、しりごみばかりしている弱虫の男ども、こっちから願い下げだ。まして今日の縁談などどうともなるがよい。そう思いながら美和はたつの差し出す九谷焼の蓋付客茶碗を茶托に乗せて手に持った。

「ようございますか。顔もあげずに茶碗だけつき出して、さっさと引込んでおしまいなさいましよ。」

たつのひそめた声を背に受けて庭を廻る廊下を踏んだ。深い茅葺きの大屋根の下で、磨かれた檜の板がひんやりと足袋裏につたわってきた。女であることの悲しみが込み上げてきた。いつまでこのような茶番が繰り返されなければならないのだろうか。障子を開けようとしても、なかなかその気になれず黙って廊下にすわっていた。すると中から、

「おや……。」

とつぶやいてから、

「どうぞ、どうぞ、お入り下さいまし、お入り下さいまし。」

と客人の声がした。落ち着いているがよく通る優しい声であった。美和は、はっと胸を打たれた。その声を自分は長いこと求めていたのだと感じた。異性の声に魅力を感じたのは生まれてはじめてであった。

美和は障子を開けると、頭を下げる前に、まっすぐに客人の顔を見た。半白の髪のその人は上等の絹を身に着け、羽二重の紋付を着ていた。初老ながら、よく鍛えられた長身の男が父と対座していた。飽食し自堕落な生活をして、ぶくぶくに緩んで肥えた父とは対照的であった。温顔で端正な目鼻立ちに力が漲っている。男の目が笑った。美和は自分でも驚くほど素直な気持でほほ笑み返すと、丁寧に一礼した。

客は秦喜左衛門であった。隣村、佐谷田の地主仲間からの縁談話であった。喜左衛門は最初から乗り気であった。大地主の名家松岡家との縁組は、秦家の格を上げるだろう。若い頃から女主人として家を守ってきたしっかり者の上に、評判の美人であるという。そうした事情から、年は喜助より三つ年上だというが、おとなしく控え目な性格の喜助とはかえって相性が良いと思えた。一目見て気に入った。物怖じしない表情でしっかりと目を合わせてからほほ笑んだ様子に、少年のような清楚な愛らしさがあった。肌色はやや褐色を帯びているが、小ぶりな髷の下の小さな顔はくっきりと整って、いかにも賢そうだった。そして何よりも二重の目蓋に縁取られた大きな瞳が美しかった。中肉中背で整った体つきをしている。顔をやや斜めにして、流し目に喜左衛門を見て、はにかむように視線をそらす美和に好感を持った。

（決まりだ。千勢にもきっと気に入るぞ。）

美和と秦喜左衛門はこのようにして出会ったのであった。

10

その年の内に結納がとりかわされ、祝言は翌年三月と決まった。松岡家では助右衛門をはじめ、弟隆一、その妻のぶも上機嫌であった。乳母のたつばかりが、縁談を呑んだ美和の気が知れないと、いつまでもぐちを言っていた。

「お前の気持もわからないじゃないけれど、私はこの松岡家のように、広大な土地を所有しているだけで他人の汗の結晶を巻き上げ、美食と遊芸に耽《ふけ》って暇つぶしのような人生を送るより、秦喜左衛門様のように、時代に沿った事業を興して自力で働き、自力で富を得る生き方が私の性に合っているって感じたんだよ。あの方の還暦近いとは思えない精悍さと整った容姿、それでいて温かさのある人懐こい笑顔、私は秦家の嫁になりたいと思う。この決心はたつになんと言われようと変わらないからね。」

美和の並々でない決意にたつは驚くのだった。

明けて文久元年（一八六一）正月、両家の初顔合わせが、湧水池の美しい星川亭の離れ座敷で行われた。秦家からは喜左衛門、千勢、喜助、そして松岡家からは助右衛門、美和、隆一にのぶであった。美和は喜助の母千勢に強く引きつけられた。五十路を過ぎて髪に白いものがちらちらと見えるものの、豊かに年を重ねてきた女の、成熟した美しさというものを知った。子供のように無心に見つめてくる美和の視線を千勢が困ったようにそらすと、美和は赤くなって下を向いた。千勢は、しっかりしている娘と聞いていたが、誰にも甘えることができず、淋しい娘時代を過ごしてきたに違いないと思った。勝気な反面、純粋で幼いところもありそうだと思えた。

喜左衛門と助右衛門は、公武合体に向けての世情の不安定な動きについて話が弾んでいた。忍城にも品川台場の警備などの任が下されたり、城下周辺の警備が手薄になり、攘夷運動が同志を求めるなど、不穏な空気が漂っていた。中山道沿いで、新川河岸に近い久下村には、なにかと江戸からの情報がいちはやくもたらされた。血気盛んな若者たちが騒ぎを起していること、物価が高騰すれば一揆も起きかねないなどを話し合って、すっかり打ち解けている様子であった。

最後に美和は夫となる男、喜助に目を向けた。父の喜左衛門に似た背丈のすらりとした若者で、顔立ちも父親似であったが、それでいて似ているという印象はすぐには感じられなかった。柔和な表情で年よりは老成して見えるが、若者らしい覇気に欠けていた。一人息子に特有の我儘さもなく、といって暗い性格でもないようで、いや味のない言動でその場に存在していた。一種とらえ所のない感じがしたものの、美和には好感が持てた。(この人なら安心できる)と思えた。秦家の新しい家族は、美和にとって安らぎをもたらしてくれる人々に思えた。美和は晴れやかな表情で、父や弟、義妹ののぶにも、いつもより何倍もの優しい声と笑顔で話しかける余裕を見せた。

その夜、千勢は喜助を奥の間に呼んだ。高い天井に張られた丹塗の板が、燈火に赤々とゆらめいていた。欄間も丹塗の角格子であるため、部屋全体が不思議な赤の世界に被われていた。二人は床の間の前に向き合って座った。

「お前、美和さんをどう思ったかね。」

千勢が喜助にたずねた。

「どうって、きれいな人だし、第一お父っつあんがあんなに惚れ込んでいるんだからいいんじゃねえかい。」

「まあ、まるで他人事のようにお言いだねえ。」

喜助は一瞬黙っていたが、

「おっ母さんは、あの人をどう思うんだい。」

とたずねた。

「そうだねえ、しっかりした気性の良い娘さんだと思ったよ。器量好しだし、体も丈夫そうだ。でもお父っつあんの話とは少し違う感じもしたよ。御大家の大切に育てられたお嬢様というだけじゃない。あの人は淋しい人なのかも知れないよ。その淋しさに高慢と強がりで耐えてきた。この家に嫁いで、美和さんは幸せになりたがっている。淋しい生活を捨てて、新しい幸せを強く求めている。いいえ、誰が悪いとかじゃないんだよ。松岡家は、美和さんの性格とは合わないところがあるんだろう。」

千勢は言葉を切って、遠い昔の日の兄喜一郎のことを思い出していた。

「小川の喜一郎伯父さんも、今では炭や薪を商って、小川の街道沿いに大きな店を持っているが、若い頃はこの秦家の家風を嫌ってね。ところが小川に転地し、五、六年でみるみる元気になって、人柄までがまるで変わってしまった。」

喜助は母の話に驚いた。あの目付きの鋭い、中肉のがっちりした商人である喜一郎伯父が、胸を病んでじりじりと辛い青春を過ごしていたとは知らなかった。今では、江戸の町で使用する燃料を商い、新川河岸から多くの荷を数多くの船で発送している。うめと、まつと名づけた女の子二人には聟が来て、喜一郎とともに働いており、末の男の子喜吉《ききち》は、幼い頃から学問を好み、まだ十四歳だが、江戸へ出て蘭学医の内弟子として住み込んでいるのだ。喜一郎は息子喜吉に店を継がせるつもりはなく、学問をさせるためなら金を惜しまない覚悟で、江戸に送り出したのだった。

「美和さんが来てくれたら、お父っつあんも私もあの人をかわいがるつもりだよ。私にとっちゃ、妹と娘ができるようで、どんなに毎日が楽しくなることだろう。だがなんといっても、喜助、お前が美和さんを大切に思わなければいけないよ。なんといっても赤の他人の家に一人で飛び込んで来て、この家の人となるのに、苦労がないといえば嘘になるだろう。そんな時、お前が美和さんを支えて、愛情で包んであげなければならない。夫こそが一番の味方だと思わせてあげなければならないのだよ。」

喜助は母の顔を改めて見つめた。夫喜左衛門と暮らした年月、母にも多くの苦労があったに違いない。嫁に来るということは、女にとって生涯の生き方に関わる重大事なのだと思った。すると、たけの淋しい顔立ちが脳裏に浮かんだ。抱き起した体の冷たかったこと、冷たい指先に赤い命の炎を灯しながら、生きることを誓っていた悲しい女たけ。なぜかたけへの思いが心から離れることはなかった。地蔵堂の祭以来、一度も言葉を交してはいなかった。だが夏の早朝、土手で草刈りをしているたけの姿を遠くから見た。味噌屋の前を通って鍛冶屋に行く時は、必ず井戸端にいるたけを目でさがした。夏祭には人込みの中で、またたけに袂を引かれるような気がしたが、そのようなことはなかった。だが遠くにいるたけに気づき、お互いに少し笑顔を浮かべるだけで十分に満足だった。

「お前、誰か好きな人がいるのかい。」

突然母に聞かれて狼狽した。

「い、いないよ、いるわけがないだろう。」

母は息子の顔をみて

「そう、それで安心した。」

と言って部屋を出て行った。

喜助はしばらく燈火のゆらめく中で、一人思いを廻らせた。

（好きな人と問われれば、やはりたけだろう。）

と思った。だが結婚ということになれば、それは話にもならない。たけは人妻である。それにたけと結婚したいなどという大それた考えは自分にはない。父や母を悲しませ、自分も人生のどん底へ落ちてまで、たけと夫婦になりたいなどという発想はない。

（俺は美和と結婚する。）

喜助は心の中ではっきりと宣言した。だがたけがあの辛い境遇の中で逞しく生き抜き、強い女となって生きてゆく姿から、目を離すことはないだろうと思った。

11

喜助と美和の婚礼があとひと月という二月の暖かい日であった。桜の蕾も五日内には開くであろうと思われた晴れた日の朝、千勢は右下腹部に重い疼きを感じた。昨日までに、みつに手伝わせて婚礼に用いる膳や食器を蔵の二階から降ろして、ぴかぴかに磨き上げた。屏風、座布団など揃えなければならない物は山のようにある。庭木は刈り込まれ、垣根という垣根は、濃い緑の竹が黒い棕梠《しゅろ》縄で端正に結ばれている。嫁といえども他人が入って来るとなれば、あちらこちらと気にかけずにはいられず、働き過ぎたのであろうかと気にかけながら、それでも働き廻っていた。ところが午後になって、突然我慢のできない痛みに襲われて、千勢は井戸端で流い物をしながら前かがみになり、右下腹部を抑えて倒れた。しんとした空気の中で痛みだけがじんじんと体中を締めつけていた。千勢はまっ青な額に油汗を浮かべて意識を失った。

「おかみさん、おかみさん、どうなすった。どうなすった。誰か、誰かいねえかあ。」

通りかかった玄次郎の狼狽した声が家中に響き渡った。飛び出してきたらしいみつの悲鳴を聞きながら、

(とんだことになってしまった……。)

と思いつつ、意識の底で悪い予感におののいた。

(息子の婚礼の前に、こんなことがあっていいものか。どうしても、どうしても七日ばかりで治さなければ間に合わない。)

あせる気持の奥で、だが今度ばかりは今までとは違う。逃れられないだろうと思えるのだった。千勢はこの自分の持病を、死と結びつけたことは今まで一度もなかった。

その夜、医者は夜詰めで脈を取り、薬を調合し、ころげ廻って苦しむ千勢を抑えつけて、喜左衛門が薬を飲ませた。明け方になって疲れた千勢がすこしまどろんだところで医者が帰り、喜左衛門は千

勢の床脇に横になり、一息ついた。

いつの間にか千勢も自分も年を取り、老いてしまったのだと思う。溌剌としていつもやさしい笑顔を絶やさなかった千勢であったが、苦悶の表情を浮かべたまま浅く眠っているその顔は別人のように生気がなく、乱れた髪にいく筋もの白髪が混じっている。

(俺たちは、よく戦って来たなあ。力を合わせて、玄次郎と三人で思いっきり働いてきた。俺はともかく、千勢、お前はさぞたくさんの無理を重ねて、苦難に耐えてきてくれたことだろう。だがその結果は実を結んだ。喜助に嫁が来る。松岡家という大地主との縁組だ。これからは若い二人の時代だ。俺たちは隠居して、好きなことをして楽しもう。よく働いた褒美を二人で楽しもう。千勢、治ってくれよ。治ってくれよ。)

喜左衛門の祈りに気がついたのか、千勢がうっすらと目を開けた。そして小さな声で囁いた。

「ほんとうに、ほんとうに私、はやくよくなりたい。薬が効いて欲しいよ。」

「そうとも、喜助の婚礼まではまだひと月余りもある。全部忘れて養生しろよ。」

「すまないねえ、こんな時に……。」

そして口ごもりながら喜左衛門に向き直って、静かな声で言った。

「でも……。でも、万が一に私に何かあっても、喜助の婚礼だけは延ばさないで下さい。これは私の一生のお願いです。」

「何を言うのだ。万が一などあってたまるか。」

喜左衛門の荒い声に、千勢は弱々しく頭を振った。

「今度ばかりは、私にはわかります。私にはもう、持病を撥ね返す若さがなくなってしまった。もう助からないと思います。苦痛のために正気を失う前に、あなたと話しておきたい。聞いてください。楽しい生涯でした。あなたと私と玄次郎と三人で、若さにまかせて突っ走った時代。あの純白の観音像を三人で苦労して造った時代、生きるって素晴らしいことだと思った。私は幸せでした。喜助が生まれ、この家が完成し、喜助に嫁が来る。これ以上の幸せがあるでしょうか。どうか、どうか、喜助を頼みます。あの子はあなたのように強くはありませんが、やさしく親思いの良い息子です。ですが、やさしいということは弱いということにも通じます。どうか喜助を守ってやって下さい。そして美和さんとの間に、多くの子供を授かるように祈っています。私は、たった一人の子供しか産めなかったことを生涯の悔いとしています……。」

ここまで言うと千勢は再び激しい苦痛に悶え始めた。高熱が襲い、背を海老のように曲げ、体を二つ折りにして呻くばかりであった。夕刻になると千勢の盲腸の化膿は頂点に達し破裂した。膿は内臓を浸し広がった。

「みず、みず、みず……。」

喜左衛門が泣きながら綿に含ませた水を口にそそぎ込むと、

「ああ、有難い、なんておいしい、冷たい水だろう。川の流れが聞える。川の音が聞える。」

千勢は半身起き上がって、誰かに手を引かれるかのように右手を差し出した。幼女のように晴れやかな笑顔であった。喜左衛門は床の間の刀掛に飾ってあった領主拝領の刀を手に取り、鞘を払って投げ捨てると、白刃をかざして千勢の右手の前に立ちはだかった。

「来るな、来るな、来たら俺がたたっ切るぞ。」

「お父っつあん、お父っつあん、しっかりして、しっかりして。」

絶叫する父と子の目の前で千勢はくずおれ、息を引き取った。文久元年（一八六一）二月、多くの思いを残して、千勢は五十二歳で世を去った。

二

12

中山道を葬列が行く。四人の六道が引く葬礼車が、轍の音もなくゆっくりと上《のぼ》って行く。十二支の獣面を棒の先端につけた幡《ばん》が風にひるがえって、棺を納めた車の先導をし邪気を払う。宮型の屋根を戴いた車の四方は、極楽に咲くという美しい蓮の花の彫刻で飾られ、漆や金箔で極彩色を施されていた。その車の後扉にすがりつくように、喜左衛門と喜助が従い、その後から長い行列が従っていた。喜左衛門は今、奈落の底に落ち、必死の形相で千勢の棺にしがみついているのであった。人々はわずか二日病んで他界してしまった千勢を惜しんだが、喜左衛門の姿にも哀れを感じずにはいられなかった。一夜のうちに頭髪は真白になり、背と腰が折れ曲り、すらりと伸びていた手足は、八十の翁のようにかじかみ、とめどなく涙で顔を濡らしているのであった。婚礼を真近に華やいでいた秦家は、千勢の死という思いがけない凶事に暗転し、人々はその栄華がはかなく散る無情さを目の前に見ているのであった。

「玄次郎はどこにいる……。」

喜左衛門がうつろな声でつぶやいた。

「今朝、桜の花を折って来て縁側に置いてから、どこかへ行っちまって、姿が見えねえようだよ。」

喜助が答えると、急に声を荒げて
「くそっ。あいつはそういう奴なんだ。あいつは千勢の棺を乗せた車を、押す勇気がねえんだ。いつも、いつも逃げてばかりいやがって、卑怯者、卑怯者め、俺一人に千勢の棺を運ばせる気かっ。」

喜左衛門は血相を変えて、車の扉を激しく叩いた。

「お父っつあん、お父っつあん、俺がいるじゃあねえかい。おっ母さんは、お父っつあんと喜助で送るのが一番うれしいと思うよ。」

喜助は、くずおれてしゃがみ込む喜左衛門に肩を貸し涙をこぼした。行く道の沿道で、珠数を手にかけた村人が頭をたれて見送り、僧侶の鳴らす鉦《かね》の音ばかりが、チン、チン、チンとまだ寒さの残る空にひろがって行った。喜左衛門は、ほんの一昨日まで生きていた千勢を、今朝白木の棺に納めた現実が信じられなかった。棺に木釘が打たれようとした時、喜左衛門は、

「待ってくれい。」

と悲痛な叫びをあげると、縁側に置いてあった桜の枝をかかえて来て棺の中を覗き込んだ。白衣に包

まれた千勢はひざを折り、両の手を胸元で合掌し、紫水晶の珠数をその手に掛けていた。顔は仰ぐように上を向き、長いまつ毛が閉じた目蓋の縁を飾っていた。薄化粧をし、桜の花を染め抜いた小袖が肩に着せかけられていた。あの魚籃観音の開眼式に着た、思い出の深い小袖であった。

「千勢、千勢、俺もすぐに行くぞ。喜助の将来を安堵させたらすぐに行くぞう。聞えるか千勢っ。」

さけびながら未だ開ききれていない桜の枝を折って千勢の棺の中を埋め尽くしたのであった。

葬列は寺の境内に入った。

「ほら、お父っつあん、見てみなよ。おっ母さんが仏になって、あそこに姿を現わしているじゃねえかい。」

喜助は父を励まそうと、玄次郎が彫った魚籃観音の姿を指で示した。像は年ごとに枝を拡げる桜の木の下で、静かに葬列を見守っていた。喜左衛門は腰を伸ばし、涙に濡れた顔で観音を見上げた。そこには若い日の自分と玄次郎、千勢の喜びや苦しみが息づいていた。

「若い頃はよかったなあ。俺も玄次郎も、千勢に認められようと張り合って仕事をした。俺も玄次郎も、千勢、お前を心から愛《いと》しく思っていたぞ。」

喜左衛門はそう言葉に出すと、かがめていた腰を伸ばして語りかけた。

「千勢よ、見ていてくれ。秋の彼岸が過ぎたら、きっと喜助に嫁を迎えるぞ。美和が秦家の新しい家族となり、きっと孫を産んでくれるだろう。俺はそれまで絶対に死なぬぞ。千勢、安心しろ、お前の願いを叶えるその時まで、俺は生きて秦の家を守り抜くぞ。」

喜左衛門は観音を仰ぎ見て手を合わせると、落ち着いた表情で喜助に頷いて見せた。絶望の暗闇の中で、息子の嫁となる美和の中に生きるための一条の光を求めるのだった。

13

その年の秋の末に、喜助と美和の婚礼がとり行われた。秋の日はとっぷりと暮れて、秦家の千本格子を透かして、座敷に燭台が輝いて見えた。やがて提灯の明かりを連ね、花嫁の行列が中山道を下《くだ》ってきた。簞笥、長持、鏡台などの油単を被せた道具の他に、松岡家の紋である桔梗橘を染め抜いた紫ちりめんの布に包まれた琴と、鮮やかな錦の袋に納められた薙刀《なぎなた》が村人には珍しかった。八間の千本格子の中央に漆塗の駕籠が横づけされ、仲人に手を取られて花嫁が立ち上がった。往還を埋めた見物の人々は、すこしでもよく見ようと、蚕のように首を一斉に動かした。純白の紗綾《さや》に打掛をまとい、厚い袘《ふき》の真紅が美しかった。髷と顔はすっぽりと綿帽子に被われていたが、通った鼻筋とくっきりとした頰やあごが、花嫁の気品をより高めていた。千本格子戸の下半分のくぐり戸が開き、花嫁は多くの人に助けられながら、身をかがめて入り、式台に上がると裾を整え、しずしずと奥座敷まで歩いた。

見物の人々は遠慮がちにではあるが、当然のように開かれている門から入って、奥座敷を鉤状に囲む庭のあちらこちらに潜んで見物した。

花聟である喜助は床の間を背に東向きに座っていたが、左手南向きに据えられた金屏風の前に来て座った花嫁を見て、喜ぶよりも圧倒される気がした。まるで自分が芝居の中にいるような落ち着かない気持であった。そんな喜助の動揺など誰も気づく者はなく、式は着々と進められ、三三九度の盃が交された。大変なことをしてしまったかのような不安な気持を押えている喜助であったが、ふと左側の植込みの奥から、強い視線が自分に向けられているのに気づいた。刈り込まれた黄楊《つげ》の木の陰から、細い二つの眼が光っていた。すぐにたけだとわかった。気持を見透かされたように恥ずかしく、なぜかうしろめたい気がして、喜助は直ぐに視線をそらし、正面を向いたまま二度とそちらを見なかった。

宴が果て、深夜になってから二人はやっと初夜をむかえた。喜左衛門の気遣いで、初婚の間は、文庫蔵で過ごすことになっていた。青畳の上に運び込まれた鏡台や衣桁、箪笥などが並んでも、まだま だ室内は広く、二組の美しい夜具にくるまり、二人は契りを結び、疲れ果ててすぐに寝入ってしまった。甘い言葉や情熱はなかったが、喜助としては精一杯の気持で、美和と良い夫婦になろうという思いを表わそうとした。

翌日は両家の女ばかりで宴をする日であった。両家共に母親が亡くなっていたので、松岡家から来たのは、弟の嫁のぶと、助右衛門の姉で、美和の伯母にあたる人の二人ばかりであった。美和は早朝に髪結を呼び、喜左衛門とはじめて会った日に着ていた、縹色に小菊をあしらった小袖を着た。姑千勢がいてくれれば自分は嫁として千勢に甘え、愛されることができたかも知れないと思うと、あちこちに残っている千勢の調度品などに、その面影をしのび、よくよく自分は母親の愛というものに縁のない女なのだと思うのだった。姑のいないこの家の中にあって、女主人と呼ばれてよいのはこの自分しかいない。伯母やのぶに決して侮られるものかと気を張るのであった。大きい茅葺き屋根の古臭い松岡家とは違って、波立つ瓦屋根が何層にも交錯する総欅造りのこの家を見たら、商人だからといって秦家を侮らせるものかと思う。

伯母とのぶは、迎えてくれた美和の機嫌の良さに驚いた。天井の高い丹塗りの漆でてらてらと光る奥座敷に通され、その立派さをほめると、生まれてこの方、この家で育った人であるかのように鼻を高くして、

「いつでも遊びに来ておくれ。」

などと義妹ののぶに言った。舅喜左衛門も夫喜助も、松岡家にいた頃の美和が、性格がきつくかわい気のない女であったことを知っているのであろうか、と言ってやりたくなるほど美和にやさしく、また美和の方も別人のように愛嬌のある声で、

「お父様ぁ。」

と喜左衛門に話しかける様子は、想像の外であった。

「まるで家つき娘の美和さんに、喜助さんが聟に来たようでしたよ。」

と、皮肉屋の伯母が松岡家に帰って報告したのであった。

そしてその翌日は、喜助が美和を実家まで送って行き、一泊してから二人で帰ってきた。親類や仲人、村の名家、取引き先などの挨拶まわりに日を重ねてしまい、平静な生活が始まったのは十日余り後のことであった。

美和は髢《かもじ》などを入れず、自分の髪だけできっちりと小さめの髪を結い、縞の普段着を身につけて、はじめて商家の帳場に座った。若女将というよりは、美しい若い男が、女装をしているような清楚な雰囲気であった。大輪の花のように華やかであった千勢とは対照的であったが、きりっとした品の良さとかわいらしさがあった。美和のそんな姿を見て、喜左衛門は千勢を失って以来、はじめて心が和んだ。まず千勢がしていた、貸し借りの帳簿のつけ方から習わなければならなかった。美和は字を書くことは苦手であった。達筆とは縁のない字しか書けなかった。

「お父様、私はお母様のような美しい字は書けません。私は子供の頃から悪筆といわれてきました。」

実際、手紙など書くのは大の苦手であった。整然とした千勢の筆跡に驚きながらも、自分の欠点を、あからさまに舅に話す自分の素直さにも驚いてしまった。

「なにも最初からよくできなくたって、それは当り前のことだよ。いやいや、悪筆なんかじゃあないよ。美和の字は真面目でかわいらしい字だよ。」

帳面に書いた字を手の平で隠している美和の手をどけ、覗き見て、喜左衛門は眼を細めて笑った。かわいいと言われて美和はうれしかった。多くの経験を積み、美しい妻をめとり、財をなし、多くの事業で成功した人である舅から「かわいい」と言われたことは、美和に自信を与えた。

「お父様、私は不器用な性《たち》ですが、一生懸命に覚えます。どうかお教え願います。」

「よしよし、少しずつなあ。美和がいてくれるだけでこの店の帳場に花が咲いたようだ。座っているだけでも退屈するだろう。私が少しずつ教えよう。」

喜左衛門と美和は日がな一日帳場にいて、美和の華やいだ笑い声が度々聞えるのだった。

14

婚礼から二十日ほどが過ぎて、やっと落ち着いた日の夕方、喜助は久しぶりに鍛冶屋の政次を訪ねた。父の常吉と酒を飲んでいる時刻であった。

「喜っちゃん、久しぶりじゃねえかい。もう俺んちなんかに、来ちゃあくれねえだろうと思っていたよ。あんなに美人で上品な嫁さんが来たんじゃあ、鍛冶屋の俺が訪ねても行けねえしよう。」

政次はうれしそうに、喜助にも酒をすすめた。

「どうだい、うまくいってっかい。」

「まあね。親父はえらく気に入っているようだし、美和もよく懐いているし、問題ねえよ。」

「そりゃあよかった。お前にもさぞ懐いているんだろう。」

「さあ、どうだかね。」

「とぼけるんじゃねえよ。喜っちゃんよう、お前に懐かなくてどうするよ。」

政次は喜助を肴にしてぐいぐい飲みながら、新婚夫婦の生活にさぐりを入れてくるのであった。たしかに問題はなかった。だが喜助にとっては、自分の出番が忘れられているようなこの頃なのであった。

母の千勢が亡くなると、玄次郎が突然石屋を辞めると言い出した。喜左衛門と喜助がいくら説得しても無駄であった。

「喜助に嫁が来るぞ。美和という名だ。俺とお前と喜助と美和の四人で、もうひと頑張りする気はねえのかい。」

喜左衛門が言うと、

「旦那は若いなあ。俺はもう空っぽになっちまった。もう俺の腕は枯れっちまった。もう、もう、なに一つ造り出すものはねえ……。」

老いた顔に淋しさがにじんでいた。そして東竹院の寺男となってしまい、なに一つ持たずに秦家を出て行った。喜左衛門も、玄次郎のいない石屋などは廃業すると言い、玄次郎の弟子に玄次郎の後を継がせて独立させ、店賃を月々納めてくれれば、道具その他は全部無料で使用してよいことに決めてしまった。やっと玄次郎と親しくなり、仕事も教えてもらうつもりでいた喜助であったから、落胆は大きかった。その隙間を埋めるかのような嫁取りであったが、嫁がこの家に来て一番元気になったのは父喜左衛門ではないだろうか。千勢を亡くし、別人のように老け込んでいたが、美和に帳場の細かな仕事を教えることに張合いがあるのか、日増しに元気になってくる。美和も楽しくてならない様子で、喜助がいなくてもなんら心配なことはなかった。ふらりと政次を訪ねる気になったのも、そんな気持からだったかも知れない。

「どうだい。一人前の大人になって酒を飲む気分てのはさあ。」

大きな盃になみなみと酒を注いで、喜助につきつけた。喜左衛門が家では酒を飲まないため、喜助も酒をほとんど飲んだことがなかった。なんとなく満たされない気持が、つきつけられた盃を一気に喉の奥へ流し込んだ。

「おおっ、喜っちゃんはいける口だぜえ。」

政次が注ぐ酒を喜助は次々と干した。うまいと思った。最初の一口は訳がわからなかったが、二回、三回と飲むうちに、酒が喉を過ぎて行き、じわりと胃の腑に浸みわたる快感を知った。意外にも自分と酒との相性が非常に良いことをはじめて知った。しばらくすると、気持が晴れ晴れとし、なにも彼も陽気に輝き出し、玄次郎と一緒に動いたあの夏の高揚感が戻って来た。

「うめえなあ。この世にこんなうめえ物があったんだなあ。」

喜助がつくづく感心しながら政次に盃を返すと、

「はじめて飲んだくせに、わかったようなことをいってくれるぜ。」

と大笑いされた。だがそれは喜助の偽りのない実感であった。五体に力が漲り、気になっていたたけのことを聞く勇気が出た。

「ところでさあ。味噌屋の嫁姑は相変らず喧嘩をしているかい。」

すると政次が急に声をひそめて言った。

「喜っちゃん、嫁取り騒ぎで知らねえだろうが、味噌屋の嫁は、とうとう死んだよ。川へ身投げしちまってよう。」

喜助は脳天をかち割られたような衝撃を受け、目の前が真暗になった。硬直したまま、動くことができなかった。政次はあまりの喜助の狼狽ぶりに驚きながらも話した。

「いろいろみんなが噂をしているがな。腹に子供がいたんだそうだ。」

「一体、一体、いつのことだ。」

「縁起でもねえことだし、誰もお前たちの耳には入れなかったんだろうが、お前たちの婚礼日の夜さ。中《なか》っ島《ちま》の淵へ飛び込んでさあ。翌朝、新川河岸の船の舳先に引っかかっているのが見つかって、大騒ぎだったよ。味噌屋じゃ葬式も出さず、新川の寺の無縁墓に、夜中にこっそりと埋めちまったそうだぜ。かわいそうな話じゃあねえかい。」

もう酔いは醒めていた。喜助は不思議そうな政次を残してそそくさと鍛冶屋を出た。総身が恐ろしさに粟立った。たけはなぜ、身を投げたのか。

(姑と夫の暴力には、絶対に屈せず逞しく生き抜き、最後に笑ってやると誓っていたのに。灯籠の光の中の淋しそうな笑顔、俺はたけが好きだった。お前も俺を好いてくれていたろう。だが二人が結びつける筈もない。婚礼の宵、植込みの奥で光っていたたけの視線、あれはなんだったのだろうか。涙か、それとも俺への憎しみか。おれは見て見ぬふりをした。俺にどうしろというのだ。そうするほかになにができたというのだ。)

慙愧《ざんき》の念に苛まれながら家に帰ると、帳場にいた喜左衛門と美和が、喜助を同時に振り向いて、不審な顔をした。

「どうかしたか。」

喜左衛門がたずねた。

「味噌屋の嫁のことだが……。」

舌が強張ってもつれていた。

「ああ、知っているよ。かわいそうな話があるもんだなあ。身投げするとは余程辛かったんだろうよ。姑や亭主に追われては、往還を逃げて歩いていたと聞いたが。しぶとい女だなどという人もいたが、今度は姑と亭主がみんなに極悪人呼ばわりされているようだ。他人というのは勝手なもんだ。」

喜助はなにも言葉が出なかった。

「その人は、うちの小作人の嫁ですか。」

美和が喜左衛門にたずねた。

「いいや、いいや、うちとは何の関わりもないよ。」

喜左衛門が答えると美和は「そうですか」と言って、算盤をパチパチとはじいた。

夕食の時間であることは知っていたが、喜助はそのまま家を飛び出し、夕暮の川原へと走った。中世の城趾であるという言い伝えがあり、「中っ島《なかちま》」と久下の人々が呼んでいる小高い丘があった。丘の一方は深く川に落ち込んで崖になり、深い淵が口を開けている。野茨が何重にも重なって人を寄せつけない場所であった。喜助は野茨の刺に、足や衣服を引き裂かれながら崖を登った。崖の上に立つと暮れてゆく秋の残照に川は白く光っていたが、淵の中は黒い闇であった。この暗闇に向かって飛び降りてゆくたけの姿が鮮やかに脳裏に映った。

「たけ、たけ、いとしい女、哀れな女。なぜ死んだ。なぜ死んだ。」

喜助はせまってくる夕闇の中で大声で泣き、いつまでもそこを立ち去ることができなかった。

15

翌年の文久二年（一八六二）秋、美和は女の子を産んだ。千春と名づけられた。喜左衛門の喜びようは大変なもので、美和の枕元につききりで千春を覗き込み、美和が千春に乳を呑ませている姿を飽くことなく目を細めて眺めているのであった。そういえばと、喜左衛門は思う。

（千勢が心を病んだ時に、玄次郎が赤子に乳房を含ませている観音の姿を彫ったことがあった。千勢はその観音の姿に心を慰められ、元気を取りもどすことができたのだった。あの時分にはわからなかったが、なるほどこれは見飽きない気高い姿だ。）

美和が恥じらって背を向けるまで傍を離れようとしなかった。

それに、千勢が喜助に乳を呑ませている姿を見た記憶がなかった。千勢は喜左衛門の仕事の上で、最も信頼できる相棒であった。高価な石材や鋼《はがね》を買い付けたり、危険が感じられる貸金や仕事、あらゆる心配事はすべて千勢に相談し、判断してもらった。揉《も》め事が生じれば、その場に千勢がいてくれるだけで事態が好転した。何回窮地から救われたか知れない。腕は良いが気難しい玄次郎を、ここまで成長させ、名人と呼ばれるまでにしたのは、千勢あってこそだった。だが千勢の美しく白い乳房は今でもはっきりと目に焼きついているのに、喜助に乳を与えている姿は思い出せなかった。

千春が生まれて半年も経ずに、美和が再び妊娠した。喜左衛門は美和の健康を心配し、千春には乳母を雇った。次の年の年末に、年子で、念願の男の子が生まれた。喜市《きいち》と名づけられた。母を求めて泣く千春を、喜左衛門は自分の懐に抱いて、片時も千春から乳母を離さない熱の入れかたであった。喜助が自分の子のためになにかをする余地はなかった。また喜助も家業に専念しなければならなかった。江戸から来る人々の口からは、幕府の政情不安が刻々と伝わってきて、忍城下の治安も悪く、貸金業も困難になってきていた。玄次郎が寺男になってしまい、石屋を廃業したのに続き、今年また、鍛冶屋からも手を引き、鍛冶道具一式と店と屋敷も常吉と政次に譲った。長い間の玄次郎の功績に報いたのであろう。

世情の不安から物価の高騰が止まらず、米価、油、塩、砂糖から味噌醬油、綿布、生糸、木材まで庶民の必需品が二倍・三倍の価格となり、不満があちこちで起り、暴動になりかねなかった。喜左衛門は蓄えた財の目減りを押えるために手を尽くした。土地、家屋などが売りに出れば、それをすぐに買った。秦家の上《かみ》隣りは剣術の道場であったが、その百坪ほどを買い、下《しも》隣りの刀家《たち》と呼ばれた家の屋敷森を買った。穀蔵や、母屋の切妻の東端にある、仕事場と呼ばれる土間は、米や、玉鋼と呼ばれる和鋼や和銑から、砂糖、塩など多くの物資が買い溜められて山積みされた。この難しい時代を身を伏せて乗り切り、事業は縮小して、将来を荷う孫たちの養育に情熱を傾けているのであった。

喜助は、喜助なりに家業に精を出しているつもりであったが、この金貸しという仕事に、父や母のような生き甲斐や意味を見出すことができなかった。時代の波が攘夷活動を激しくし、幕吏との衝突が熊谷の周辺にも及んでいた。店の経営はみるみる振わなくなり、喜助はうろたえたが、喜左衛門は、はなから息子の力量に期待をしていなかったかのように、

「こんな時代だ。まあ、そこそこ日銭が入る程度の稼ぎがあればいいよ。それよりも千春と喜市を無事に育て上げることだ。いくら財産や家屋敷があったって、それを継いでくれる子孫がいなければなんにもなるまい。」

と言い、喜助を叱るでも、教えるでもなかった。

いつからか喜助は仕事を早仕舞すると、夕食を済ませてから、ふらりと出かけるようになっていた。行く先は水月楼であった。柄の悪い船頭や人足たちの喧騒の中、隅っこに隠れて喜助は酒を飲んだ。自分が酒好きであることを知って以来、ここが誰にも気兼ねなく酒を楽しめる唯一の隠れ家であった。喜左衛門は酒を飲まず、美和は酒の匂いを嫌ったから、こうして喧騒に埋もれ、大好きな酒にうっとりと酔う時間こそ、喜助の最も満たされる時間なのであった。

千春も喜市も栄養が良く、成長の早いかわいらしい子供であった。喜左衛門と美和が、それぞれの腕に子供をかかえ、あやしている様子を、まるで幸せな他人の家族を眺めていいような自分に驚くことがあった。

（俺は情の薄い人間なのかなあ……。）

と考え、酒を手酌であおっていると、川に身を投げて死んだたけのことが思い出された。

（たけ、なぜ死んだんだ。俺が嫁を取ったからか。お前にだって亭主がいたじゃねえか。俺たちは、遠くから見守り合っているだけで心が通じたじゃねえか。俺たちは好き合っていた。だがお前も俺も、なんにも求めることはできねえんだ。じっと見守る、それしかできねえじゃねえか。）

心の中でそうつぶやくと不覚にも目尻に涙がたまった。

（玄さん、玄次郎おじさんはどうだったんだい。玄さんがうちのおっ母さんを思っていたことは誰もが知っていた。でも玄さんも、おっ母さんも、そんな事は知らぬ振りで暮らしていたじゃねえか。玄さんはおっ母さんになにも望まなかった。強いていえば、自分の近くで生きていてくれることだけだった。玄さんはそれだけで良い仕事ができた。お父っつあんも玄さんの気持は知っていたが、玄さんに負けじと働くことで秦家を大きくできた。そのおっ母さんが亡くなると、玄さんは寺男になってしまい、お父っつあんは商売の手を抜き、俺はいい加減な仕事をして、酒に浸っている。どっかで歯車が狂っちまった。世の中も狂ってきた。毎年洪水が出る。どんな天変地異が起っても不思議じゃねえ気がする。)

喜助は二人の子の父でありながら、一人孤独のうちに酒を飲んだ。

16

元治元年（一八六四）世情は不安を極め、常陸で水戸藩士による天狗党の乱（筑波山事件）があり、忍藩にその討伐が命じられた。慶応二年（一八六六）には京都警護を命じられた。その翌年、物価の高騰や政治への不満が爆発し、藩の警備の薄さに乗じて、貧農を中心とした暴徒たちの群れが、富農や富商の家に襲いかかった。秩父の名栗谷での蜂起が、行く先々で人数を増して二千人にもふくれあがり、多くの家を打ち壊し、火をかけ、金品を略奪した。いく手にも分かれ、所沢から小川、また坂戸、松山から熊谷方面に迫ってきた。久下村、江川村など、荒川沿いの村々は、忍城が頼みにならないため、村人各自が武装して、自らの手で村を守ろうとしなければならなかった。世情や行政に対する不満から生じた一揆とはいえ、政治的な理念を持たない略奪集団であったから、各村々の支持は得られず、藩の警備が整うと、たった七日ほどで鎮圧された。だがこうした事実は、幕府の弱体化と権威の失墜を如実に物語るものであった。

慶応三年（一八六七）、将軍慶喜が大政奉還の意志を明らかにし、人々は大きな衝撃を受けた。忍藩主はこの時京にいたが、幕府軍が総崩れとなって大阪に退いてしまったため孤立し、逃げおくれてしまった。一方で忍城には、中山道を逃げてきた会津藩士が多数身を寄せていた。そうした藩士たちが、近隣の村々を襲い、押入って金品を強奪した。また一方で中山道を下ってきた官軍が高崎を経て忍城に迫っていた。藩主が不在の中、会津藩士を抱えたまま、官軍と相対する窮地に立たされた。その上、会津藩士たちとともに、力を合わせて官軍と戦うべく、衝峰隊（幕士）八百五十余名が到着し、いよいよ窮地に立った。動揺する忍藩家中であったが、用人岸嘉右衛門が、今現在の天下の形勢を説き、六百両の大金を衝峰隊に出し、忍城を立ち去ってもらった。だがこのことが、官軍の疑惑を招き、忍城を攻撃してくるという噂であった。城下の人々は、家の戸を固く閉ざし、身をひそめて息を呑み、人っ子一人といえども姿は見えなかった。

秦家では喜左衛門が、家族を文庫蔵に入れ中から施錠し、石屋の職人や鍛冶屋の政次たちに武装させて守りに着かせた。戦争に乗じて暴徒が乱入してくるのを恐れた。

その頃忍城では、やっと城主が大阪から船を見つけて江戸まで帰ってくることができたため、官軍に対して極力弁明につとめた上、恭順の誓書を差し出し、城門を開放したため事なきを得た。だがそうした藩の方針に反対する藩士たちもいて、略奪や打ちこわしなどが頻発した。喜左衛門は厠の床下に深く穴をほって、金を埋めた。忍藩は、新体制への帰順後は、そうした暴徒らの鎮圧に力を尽くし、官軍の応援もあり、領内を鎮静させることができた。

そして明治元年（一八六八）となった。十月には江戸城が皇居と定められ、江戸は東京と改められ、人々はいよいよ時代の移りを実感させられた。

秦家ではこの年二人目の男子次郎が生まれた。明治元年という新しい時代の門出に、二人目の男子を授かったことは、喜左衛門をはじめ一家にとって、未来への大きな希望をもたらす慶事であった。喜左衛門は小躍りして喜び、美和を伏し拝まんばかりであった。

「これは大出来だ。これで家は安泰だ。美和お前は偉い。お前が嫁に来てくれて、こうして立派な子供たちを産んでくれた。有難うよ。有難うよ。」

明治維新とはいえ、将軍が天皇にかわり、武士が官吏となり、別に外国に土地を奪われたわけではなし、財を奪われたわけでもなし、秦家や美和の実家の松岡家にとって、さして困る問題はないのであった。開国とともに生産や流通が盛んになり、金をにぎる商人の時代が来るであろうと喜左衛門は感じていた。六十四歳を過ぎても喜左衛門は元気であった。美和が産んでくれた子供たちの成長を見守らなければならない。まだまだ死ぬことはならなかった。新しい時代を正しく見極めて、それにかなった生き方を子供たちに開いてやらなければならない。生きる力がふつふつと湧いてくるのであった。

長女の千春は七歳になっていた。美和よりも、千勢に似ていて、色白のふくよかな丸顔で、これも千勢そっくりのつぶらな瞳が輝いている。千春のためだったらなんでもしてやりたかった。帯解《おびとき》の祝には松岡家から豪華な西陣織の帯が届き、喜左衛門はそれに負けじと、二枚重ねの縮緬友禅染の着物を誂えた。千春が大柄であったからよかったが、小さな女の子であれば衣装の重みに潰されてしまいそうな重量であった。この花嫁顔負けの衣装を着た千春を、美和は母として連れて歩く幸せを世界中に知らせたい気がした。

若い頃から、いつも損な立場にばかり立たされていた苦労が、一挙に逆点勝利した気分だった。稽古仲間の友だちが、未だに姑や亭主と折合いが悪かったりで、実家へ帰ったとか、また泣く泣く婚家先にもどったりとか聞く。望まれて早く嫁いだから、幸せになれるというものでもなさそうだ。

(私はこの家で、一番大切にされている。舅に愛され信頼されている。夫もおとなしくてやさしい人だ。年下のせいか物足りなく思うこともあるが、それは覚悟の上で嫁いで来た。その代りといってはおかしいが、義父には恵まれた。実の父以上に慕わずにはいられない。沢山の苦労を積んで、成功した人だけが持つ凛々しさがある。それでいて穏やかな物腰や物言いは、かえって男らしい。その人が私をかわいいと言ってくれる。私の産んだ子供たちを両手を上げて抱き取り、慈しんでくれる。私はこの人が望むなら、何人だって子を産んでみせる。)

満足という言葉があるが、それは今の私のことであろうと、美和は思う。ただ夫喜助が、酒を好み、月々の付け払いが次第に多額になってくることが心配ではあった。本人は飲んでくれれば機嫌がよく、子供たちの寝顔をうれしそうに眺めながらおとなしく寝てしまう。夫婦のことも美和次第で、美和が寝返りを打って拒めば、無理強いをしてくることはなかったし、美和が身を寄せて行けば必ずやさしく寄り添ってきてくれた。物足りないといえばそうかも知れないが、野蛮な夫もいると聞くから、心身に暴力を加えられる心配がまずないということは、女にとって得難い幸せの一つといえた。

江戸から明治となり、世情が落ち着いてくると、再び金融業も活発になり、喜助を補佐して喜左衛門も店に出るようになったが、家禄を失った下級武士たちが、返済のあてのない借金を申し込んでくるので、貸し倒れを防ぐために担保をとることにした。刀剣や槍などは、鍛冶屋の常吉に見てもらえばよかったが、書画や骨董品などの品定めには、松岡家で育った美和の教養が役に立った。美和は商売の方でも思いがけなく活躍の場を見つけ、生き甲斐を感じるようになった。明治五年には田畑永代売買が解禁となり、土地を担保にして金を借り、事業を興そうとする農民も多かった。喜左衛門は、積極的に農地を手に入れようとした。時代が落ち着いてくれれば、その時を待って、買い溜めた物資を売り、多くの田畑を手に入れ、子孫のために万全の体制を築こうと考えていた。

17

「熊谷へ行くんでしたら、熊谷寺《ゆうこくじ》の八日《よう》町市《かまちいち》で、買い物をしてきてくれませんか。」

美和が着替えをしている喜助に声をかけた。茶の間になっている中の間では、十二歳の千春、十一歳の喜市、六歳の次郎が百人一首に興じていた。明治政府は人材の育成のため、学校教育の必要性を感じ、学制を公布したが、まだまだ、寺小屋式の教育程度しか普及していなかったため、喜左衛門は、千春と喜市の家庭教師を雇った。忍城の奥勤めをしていた四十過ぎの女で、いねと呼ばれていた。長い間、きつく髷を引きすぎていたためか、頭上に禿《はげ》があり、地味で真面目なつとめぶりであった。美和もこの人に全幅の信頼を置いていた。百人一首もそのいねが持ち込んだもので、千春と喜市が夢中になって札の取り合いをしていたが、次郎は仲間に入れない腹いせに、札をひっかき廻していやがらせをするので大変な騒ぎである。

「ああいいよ。俺はちょっと本屋へ寄るだけだから。」

八日町というと必ず冷たい空っ風が吹く。

「久下の中山道は格別寒い風が吹くから、風邪をひかないように厚い襟巻をして、綿入れの羽織を着て行くと良いでしょう。」

てきぱきとみつに指図して、喜助の襟巻と羽織を出してこさせる。

「千春には羽子板、喜市は凧、次郎は独楽が欲しいそうです。」

それを聞いた子供たちは、歓声をあげて喜助のまわりに集まって来た。

「お父様、羽子板は藤娘の押絵がついているのにしてね。」

「凧は武者絵だよ、奴凧はだめだよ。四角い大きな奴ね。」

次郎までも喜助の袖を引いて
「次郎には大きい独楽だよ。」

という。喜助はそんな幸せな自分を、もう一人の自分が別人のような眼差しで眺めているような、そんな気持に悩まされるのであった。これも体調のせいだろうか、酒は控えたほうがいいなと思う。

「喜助さんは毎晩一升酒を飲んでいる。」

そんな評判が、喜左衛門や美和の耳にも届いていた。注意すると素直にはい、はいとは言うものの酒量は減らず、飲んで帰ってくれれば上機嫌で元気が良く、家の中の雰囲気は楽しくなるのであった。

外へ出るとやはり師走の風は冷たかった。昼を過ぎたばかりなのに、日の光さえ頼りなさ気で、はやくも陽は西へ落ちたがっているように見える。人家が途切れると、赤城山が北方に見え、吹き飛ばされそうな風が規則的に襲って来る。胃のあたりについ手が行ってしまう。そこに無気味な痼《しこり》が感じられるのだ。酒以外の食べ物を旨いと思う気持が減退した。村の医師は難しい顔で何度も触診し、酒を断つことと、調合した薬を飲むことを約束させた。薬は飲んだが、酒はやめられなかった。喜助は自分が重大な病を得ていることを確信した。どういう病であるかを、村医者に聞いても、さっぱり要領は得なかった。蘭学を勉強し、今では東京で立派な医者となっている、伯父喜一郎の息子の喜吉に教えてもらい、最新の医学書を取り寄せて読んでみようと思ったのであった。

一里程歩いて、本屋に寄って本を受け取り、熊谷寺の八日町市へ向かった。この医書の中に、自分の命を占う言葉があるはずであった。懐中深く隠した青い本が不吉に思えた。

（もしかしたら、子供たちに正月の玩具を買ってやれるのも、これが最後かも知れない。かわいい子供、賢い妻に恵まれながら、なぜ俺は酒浸りになるのだ。これで死んだら、俺の一生はどういう一生であったと言えるだろうか。もし、このまま死ぬことになったら、俺は何のために今日まで生きてきたことになるのだ。）

熊谷寺の門前には市が立っていて、威勢の良い呼び声があちこちから掛ってくる。腹掛に流行のざんぎり頭をした若い衆が、面白おかしく客と問答しながら売っている。雑踏と活気の中で、子供たちへの土産を選んだ。

帰りは追い風であった。砂粒が襟巻から出ている耳たぶにフッフッとあたり、荷物を背負っている喜助の背を押した。

（俺にとって一番幸せだったのはあの頃だな。たけと知り合ってから、俺は生きる張合いを感じていた。玄次郎と石塀造りの工事に夢中になって働いた。働く喜びを知った。俺は石職人になりたかったのかも知れない。）

吹きつける風に身震いしながら懐の医書を指で触れた。今では、川に身を投じて死んだ、味噌屋の嫁たけのことを、覚えている者はあるまいと思う。だが喜助だけはこうして一人になると、たけのことを思い出してしまうのであった。

（たけ、たけ、なぜ死んだ。姑や亭主が憎かったのか。腹の子を産みたくなかったのか。それとも俺を恨んで死んだのか。いつかは俺が、お前を助けに行くと思ったのか。ああ、俺はお前を助けてやりたかった。出来ることなら、この人生を一緒に生きてみたかった。本当だ。でも俺には出来ねえ相談なんだよ。お父っつあんや、おっ母さんを悲しみのどん底に突き落してまで我を通す力はねえ。俺ばかりじゃあねえさ、百人中九十九人が出来ねえと思うよ。お前は俺を、その百人中の一人と思っていたのかい。俺を弱虫と嘲笑って深い淵へ飛び込んだのかい。）

絶対に返事のない返事に耳を澄まさずにはいられないのだった。熊谷宿で泊るのであろうか、貧しい身なりの夫婦らしい男女が、砂埃からお互の身をかばい合うように身を寄せ合って通り過ぎて行った。ふと、その女がたけの姿に似ていたような気がして、思わず目を凝らして見送った。

やはり水月楼の前は素通りできなかった。鮎の塩辛をなめながら、二合徳利を五本空にして、やっと人心地ついて家にたどり着いた。待ちかねていた子供たちが、わいわいと寄って大はしゃぎであった。風呂も食事も済ませたが、母に頼んで父の帰りを待ち、寝ずにいたらしい。間もなく、それぞれ正月の玩具を枕元に並べて、幸福な寝顔を見せていた。喜助はその寝顔を眺めながら、自責の思いをかみしめた。

18

初夏になっていた。美和は鏡台の前で、湯上がりのほつれた鬢をなでつけながら、三十半ばを過ぎても、なお衰えを知らない自分の美貌に満足した。きりっと通った鼻筋、くっきりと二重目蓋に縁取られた涼やかな目、昔と少しも変わっていない。いや若い頃より美しくなったかも知れない。姑や小姑とのもめ事などで、どんどん生気を失って老いてゆく友達とは逆だ。美和は自分の幸せを確信し、いつまでも鏡から目が離せなかった。すると突然、何かが動いて、顔の背後に見馴れない男の顔が映った。思わずのけぞって振り向くと、そこに立っていたのは夫の喜助であった。

「ああ驚いた。」

畳に手をついたまま、喜助を見上げた。

「あら、あなたいつ前歯が抜けたんですか。」

喜助の右下の犬歯の一つ手前の歯の所が、ぽっかりと空洞になっていた。それだけではない。顔色が黄色っぽく、白い粉が吹き出たように乾燥している。髪も少なくなって艶が失われて、白いものが両鬢に混じっている。

「こないだ、大根と蒟蒻《こんにゃく》の煮付を食った時、ぽろっと、とれちまってね。」

「まあ、どうして……。痛くはなかったんですか。そんな抜け落ちるまで放っておくなんて。」

「下の前歯は、全部ぐらぐらしているんだ。痛くはないんだが、いずれ全部抜けっちまうだろうよ。」

美和はこともなさ気に言う喜助の気が知れなかった。

「いやですよ。はやくお医者に診てもらってください。」

「いやいや、俺にはわかっているんだ。これは俺の体質で、医者でもどうにもならんのさ。生まれつきだよ。」

「お酒の飲みすぎに決まってるじゃないですか。いい加減お酒はやめにしてもらいます。その顔色といい、歯のことといい、普通じゃないじゃありませんか。」

美和の不審そうな目を避けて、

「なんでもないよ、なんでもないよ。」

と言いながら部屋を出た。誰もいない帳場に座り、帳面を見るふりをしながら、例の医書を開き、もう何度読んだかわからない部分をまたも読み返した。

もう間違いはなかった。悪性の胃の腫瘍である。こうして指先に触れるまでになっているということは、かなり進行している証拠であった。すべての不調を、酒の飲みすぎで片づけてしまうことはもうできない。食欲の減退、皮膚の老化、体力の消耗、人間の手では治療の適わない不治の病を腹の中に抱えているのだ。それも、もう末期に近いと思われた。この夏あたりから下血が始まり、血を吐き、苦痛に七転八倒しながら死んでゆくのだろうか。恐ろしさに身の毛がよだった。その苦痛と絶望に、一人で耐えることがどうしてできようか。

（美和に打ち明けようか。父に話して苦しい心を荷ってもらおうか……。）

思案は幾度となく繰り返すのだが、その度にそれを知った時の、美和や父の驚きと悲しみ、そして子供たちのことを考えると、なるべく自分の死の真際になってからにしようと思ってしまうのだった。

美和と喜左衛門は、なんとか喜助の体力を回復させようと、久下村では禁断となっている八ツ目鰻を川漁師に裂いてもらい、鰌《どじょう》と偽って食べさせた。酒店に行くことは厳しく禁じられ、家人に見張られているから、酒を飲んで憂さを晴らすこともできない。

（酒を腹一杯飲んで、それで死ねれば本望だ。）

今の喜助の正直な気持であった。やがて襲ってくる苦痛に苛まれる前に、酒を飲みに飲んでそのまま死んでしまえたらどんなによいだろうと思った。

（美和、ゆるしてくれ。お父っつあん、不幸をゆるしてください。千春、喜市、次郎、おっ母さんとお祖父さんの言うことをよく聞いて立派に育ってくれ。俺のように、俺のようになっちゃあならねえぞ。）

暗い帳場の乏しい明かりの中で、開かれた医書を両の腕で隠しながら、その中に頭を埋めた。

19

初夏が盛夏になった。喜助の著しい衰弱ぶりに、喜左衛門と美和が只事ではないと気づいて狼狽した。医者よ、薬よ、滋養食よ、と騒ぎ出した。喜助は間もなく襲って来る耐え難い苦痛を隠し通せる自信はなかった。だが父や妻や子供たちに、そうした姿を曝し、悲しませたくはなかった。もう長くは生きられないのであれば、家族を苦しめたくないし、自分も苦しみたくなかった。暗闇に紛れて、中《なか》っ島《ちま》の川淵に身を投げてしまおうかと考える。だが、この身がたけのように、船の舳先に引っかかっていたら、それこそ家族の悲しみはどんなに深いであろう、とそれもできない。酒を飲んで死ねたら本望だと思う。酒だ。酒だ。喜助は日夜それればかりを考えていた。

その日は朝から心持がよく、美和の前で粥を一膳食べてみせた。昼には井戸水で冷やした細うどんが、喉越しよく旨く感じられた。美和は久しぶりに安堵した様子で、熊谷の町中へ買物に出かけた。喜左衛門は帳場にいた。喜助はそれを確かめると、文庫蔵から母屋へ続く渡り廊下へ出た。左右に紅白のつつじの植込みがあって、黄緑色の細かい葉が、夏の日に輝いている。そのこんもりした繁みに身を隠して、小さな通用門をそっと開け、通りへ出た。まだ西日が強く照りつけていた。こざっぱりと糊のきいたゆかたに博多の角帯をしめて、日陰を選んで歩き出すと、妙に体が軽く、足が地面から浮いているかと錯覚した。一足ずつ踏みしめるように歩いて半丁程先の水月楼へ入った。浄瑠璃好きの亭主が打水をして、店を開く準備をしていた。

「おや、若旦那、めずらしいじゃねえですか。久しく来《き》なさんなかったねえ。具合でも悪かったんですかい。」

驚いた目付きで、喜助を上から下まで執拗に眺めまわした。亭主は細身の中背で、細面に鼻が高く、役者のような整った顔立ちなのだが、どこか品のよくない男である。このあたりには、こうした端正な顔つき体つきをした男が不思議と多いのだが、昔からの土地柄からか、人足や船頭などが多いせいか、どこか粗野な印象がある。

「ああ、今日は気分が良くてね、久し振りにちょっと飲みたくってさ。冷がいいな、つめてえのを持って来てくんな。」

「いいんですかい、ほんとうに……。」

「本当だよ、ここんとこ飲まねえせえで元気が出ねえのさ。」

喜助は隅の方の、自分が親しんできた床几に腰を下ろした。本当によい気分になり、病気など嘘だったという気がしてきた。

「冷てえ井戸水に徳利ごと漬けておいたやつだから、飛びっきり冷えてらあね。」

亭主は露にぬれた二合徳利とぐい呑みを、喜助の前に置いた。鮎の塩辛も旨そうだった。久々に酒を口に含んだ。息が止まるほど旨かった。なにも考えずに飲んだ。飲むにつれて気分が軽くなり苦しみを忘れた。ただ酔いの廻りは驚くほど速かった。二本目を注文したが、飲みたくても、酒が口の中へ入ってゆかなかった。

どやどやと二、三人の人足が暖簾を分けて入ってきた。二人の男は酒を注文したが、一人は下戸らしく心太《ところてん》を注文した。おかみさんが井戸水をかけ流した盥《たらい》から、透明な心太を摑み出し、筒に入れてから一気に丼の中に突き出す。酢醤油をぶっかけて持って来た。男は旨そうにほとんどひと息で飲み込んでしまった。食い物があんな風に食えたら幸せだと思う。

「おかみさん、俺にも心太を一つ。」

喜助が言うと

「あいよっ。」

と元気のよい返事をして、再び井戸端へ走って行き、あっという間の早業で、どんと冷えた丼を喜助の前に置いた。幼い頃、喜助は心太が大好物であった。祖母や母の目を盗んで、こっそり食べに来たものだった。思い出深い食べ物である。箸で挟もうとしても手応えがなく、うどんやそばのように、口元へ運ぶ食べ方は難しい。丼の縁に口をつけて、一気に口の中へかき込む。すると口の中に冷たさと酢っぱさが広がり、さわやかなのど越しが心地よい。さらさらとたちまち空になった。

（なんだ。俺だってまだまだ食えるぞ。）

うれしさがこみ上げてきた。

「おかみさん、もう一杯もらおうか。」

「あいよっ。」

おかみさんの返事に心が浮き立った。

(やっぱり俺と酒は相性がいいんだなあ。酒さえあれば、なあに、こんな病気なんぞ吹っ飛んじまうさあ。)

20

その翌朝、美和は喜助のただならぬ呻き声に目がさめた。白みかけた朝の光が蔵の高窓から差して、獣のように四つ這いになって肩を震わせている喜助の姿を照らしていた。

「あなた、どうしました。」

跳ね起きて背をさすろうとすると、げえっ、という激しい嘔吐が起こり、額に汗の粒が浮いた。身をよじらせて、息絶えるかと思われる絶叫とともに、赤褐色の吐瀉物を多量に吐き出した。それは二度、三度とくり返され、枕から畳まで血の海であった。

「きゃあっ。」

美和が悲鳴をあげて、文庫蔵の二重扉を開き、帳場隣りの表の間で寝ている喜左衛門を起しに走った。

昨夕、妻の目を盗んで酒を飲みに行ったことを咎《とが》められると、機嫌の良い表情で、

「申しわけない、かんべんしてくれ。」

と謝り、夕食も家族と一緒に、冷やし豆腐や焼魚なども口にして、おとなしく眠りについたのであった。まさかこのような異変があろうとは想像すらしていなかった。二人がかけつけてみると、喜助は血の海の中で力尽き仰向けに倒れていた。

「喜助、喜助、こりゃあなんてこったい。しっかりしねえか。俺がわかるか。」

喜左衛門が肩に手をかけて揺さ振ると、蒼白な顔をすこし動かして頷き、薄目をあけた。

「お父っつあん、許して下さい。こんな、こんな喜助を許してください……。」

消え入るような声で言った。

「何を言ってんだい。しっかりするんだ。子供たちと美和のためにしっかりしろ。」

「いいえ、いいえ、俺あこれで終いです。美和と子供たちを頼みます。お頼みもうします。」

それだけ言うと、安心したように目を閉じ、血に染まった枕の脇に頭をおとした。

「あなた、あなたあ。」

美和は喜助の体を揺すった。喜助は、ようやく苦痛から解放されて、静かに目を閉じていた。頬の肉が落ち、眼窩が窪み、顔が二まわりも小さくなつて、若い日の面影は失われていた。

（こんなにも、こんなにもやつれて……。苦しみをこらえにこらえて生きていたのだ。私にさえ、一度でも辛い顔を見せなかった。)

そう思うと美和は喜助が不憫でならなかった。

(私はあなたに甘え放題に甘え、我儘を言い、時にはあなたが、やさしく、おとなしいのをいいことにして、踏みつけにしていたこともあった。物足りない夫だなどと思いながら、実はそれが私の幸せの基《もとい》だったのに。罰があたったのだ……。)

激情が込み上げてきた。袖も裾も血まみれになって喜助の上に泣き伏した。

喜左衛門が裸足で走り出し、隣家の石屋の職人たちを起し、一人は医者に、一人は鍛冶屋の政次を呼びに走らせた。

「美和、美和しっかりしろ。これからは俺とお前で子供たちを大人にしなくちゃならねえんだぞ。喜助、喜助、お前はこの年寄を未だ楽にしちゃあくれねえんだな……。」

喜左衛門が声を震わせて言った。

(私の幸せの時代、私の春、私の輝いた時代は終った。)

と美和は感じた。

喜左衛門が美和を抱き起そうとしたが、美和は、強く首を振って、次第に冷たくなって行く喜助の手を握ったまま泣き続けた。

明治七年夏、喜助は三十五歳の若さで死んだ。秦家中興の祖、喜左衛門宗助は、それから四年の間生きた。美和とともに質屋を営む一方で、穀蔵に蓄えておいた物資を金にかえて、田畑を買った。先代から受け継いだ田畑と合わせれば十町歩の田畑を所有し、宅地や家作も所有していたから、小作米、地代、家賃などの収入があり、一家の生活は十分のはずであったが、喜左衛門は人が変わったように口煩《うるさ》い締り屋になった。

息子喜助の死に方は、喜左衛門に大きな悔いを残した。子供は厳しく、質素に育てなければならない。働くことの大切さ、金の大切さを身に沁みて覚えさせなければならないと思った。かわいい子には旅をさせろという諺の通りだと思う。時代は江戸から明治へと大きく変り、武士の時代は終って、能力次第で、誰でも成り上がれる時代が来ている。世の中がどう変わってゆくかわからない。長い間繁栄してきた新川河岸も、さびれ亡びて幻《まぼろし》の村となるかも知れない。大荒れする荒川の流れさえ、いつ水音を消すかも知れない。中山道も、そこに沿って生きる宿場や村々も、片田舎のさびれた町や村になるかも知れない。これからは東京の時代だ。学問の時代だ。喜左衛門は、長男喜市を浦和の師範学校に入学させ、次男の次郎は未だ十二歳であったが、東京で医師として活躍している、喜一郎の息子の喜吉に預けた。次郎には東京で、本格的な最高学府の教育を受けさせたかった。新時代に対応してゆく気概と能力を身につけてやりたかった。

千春も同様だった。稽古事ばかりではなく、昔の千勢のように算盤や帳簿つけもさせ、家事をさせた。美和との間は、昔のように仲の良い嫁と舅では済まなくなっていた。老いてゆく自分に代って、子供たちが大人となるまで、この家を守ってもらわなければならなかった。美和は、喜左衛門の家族に対する厳しさに対して文句は言わなかった。だがいつの間にか、美和自身まで顔つきが厳しくなり、松岡家時代の無愛想でかわいい気のない気性に逆もどりしたのではないかと思うほど、きつい言葉を吐く自分に驚くのであった。

明治十年冬、暮れ近くになって、喜左衛門は風邪をひいて寝込んだ。美和と千春が看病に務めたが、はかばかしい回復のないまま年を越した。気弱になって、なにかにつけては美和に秦家の将来について語った。

「千春はいくつになった。」

「今年で十八になりました。」

「千春には、立派な嫁入仕度をしてやれ。千春はしっかりした娘だ。どこへ嫁いだって務まる。相手方の家と人物は、お前と千春でしっかりと見定めろ。」

「まあ、千春まで嫁に行ってしまったら、この家は私一人になって淋しくなるじゃあありませんか。」

「いやいや、すぐに喜市が学業を終えて帰ってくるよ。教師でも役人でも、好きな職業につき、月給取りになるんだ。暮らしは月給でまかない、小作米、地代、家賃は美和が厳しく管理しろ。金を貯えろ。そして次郎には、送金を惜しむな。学問の才があればどこまでも学問をさせ、商売の才があれば、東京の一流の所で新しい時代の商いを学ばせろ。次郎を一人前にし、東京で出世させる。これがお前と、長男喜市の責任だ。」

「まあ、私には大変な責任があるんですね。でも、喜市も次郎も、遠く離れていて、私には淋しさばかりしかありません。喜市が帰って来て、嫁を迎えてくれて、私が安心できる日が来るんでしょうか。」

「きっと来るよ。」

喜左衛門は確信するように強く頷いた。

「それまでの辛抱だ。千春が孫を連れて遊びに来るようになる。喜市が嫁を取り、大勢の孫が生まれる。次郎が出世して、東京でハイカラな暮らしをする。その日が来るまで、美和がこの家を守れ。家の守り神となれ。」

その翌朝、美和が雨戸を開け、喜左衛門の寝ている奥の間に行って声をかけても返事がないため、不審に思って走り寄ってみると、喜左衛門は蒲団の中で死んでいた。目を見開いたまま、口を一文字に結んでいた。

「お父様……。」

美和は絶句して舅の冷たい手を握った。

（とうとう、私は一人になってしまった。一人でこの家を守らなければならない。夫を失い、今また舅を失ってしまった。頼れる人はもういない。千春、喜市、次郎は、私が守り抜かなければならない。）

喜左衛門の冷たい手から、ずしんと重い荷が美和の肩に引き渡された。枯れ草に被われた土手の彼方から、ひそかに冬の川の流れる音が響いていた。美和は喜左衛門の両の目を静かに閉じてから廊下へ出て、川の音に耳を澄ました。ひしひしと孤独を感じた。涙が込み上げてきて視界が曇った。

津也、千勢、美和と秦家三代に渡る女とともに家を守ってきた男、喜左衛門宗助は、重い荷を嫁美和に引き継いで他界した。明治十一年一月、七十五歳の生涯を閉じた。

美和は涙を払って顔をあげ、川の音に誓った。

「私はこの家を守り抜きます。千春、喜市、次郎の将来を必ず見届けます。私は百歳までも生きて家の守り神となるでしょう。たとえ、人に鬼後家と呼ばれようとも。」

完

あとがき

久下冠水橋記念誌『思いやりの譜』を読み、とても懐かしく思いました。久下に生まれ育った私ですが、ふるさとを離れて、いつの間にか四十五年余となりました。川とともに生きた久下の人々の話を書くことを思い立ち、暇な折に少しずつ書き続け、小説『川の音』になりました。久下という実在の地の幕末から明治にかけてが舞台ですが、内容はすべてフィクションであり、想像の物語です。多少、私の生家の歴史や、父母から聞いた話も含まれておりますが、それはほんの一部分に過ぎません。かつての久下宿の雰囲気が、少しでも表現できていればうれしく思います。勉強不足のため、多くの不備があるかと思いますがお許し下さい。

参考にさせていただいた『思いやりの譜』を発行された皆様に感謝いたします。また、小野文雄氏著『埼玉の歴史』も参考にさせていただきました。

小説『川の音』の第一番目の読者であり、出版に力を貸してくれた夫、伴　博に、心からの謝意を捧げます。

末筆ながらご担当下さいました福田千晶さんのご尽力に、厚く感謝申し上げます。

平成二十年十一月二十三日

著者　伴　幸子

著者略歴

伴　幸子（ばん　さちこ）

昭和13（1938年）、埼玉県熊谷市久下に生まれる。
埼玉県立熊谷女子高等学校を卒業し、東京 YWCA 学院を卒業。
旧東京銀行本店外国送金課勤務、結婚と同時に退職。
昭和55年（1980年）より裏千家業躰永井宗圭先生に師事。
現在裏千家茶道準教授。

川の音

2008年11月23日　初版第１刷発行

著　者　伴　　幸子
発行者　木村哲也

・定価はカバーに表示

印刷　富士見印刷／製本　新里製本

発行所　株式会社　北樹出版

http://www.hokuju.jp

〒153-0061　東京都目黒区中目黒1-2-6　電話(03)3715-1525(代表)

ISBN978-4-7793-0160-5

（落丁・乱丁の場合はお取り替えします）